U0085595

永石 繪美、溫雅珺、蘇阿亮　編著

新日檢制霸！

N3 文法特訓班

必考文法 × 精闢解析 × JLPT 模擬試題

文法速成週計畫，精準掌握語法，輕鬆通過日檢！

| 誠摯推薦 | 日本大阪國際大學
名譽教授
浦上 準之助 | 日本龍谷大學教授
日本語教育學者
泉 文明 | 日本龍谷大學
國際學部講師
池宮 由紀 | 臺大兼任日語講師
李欣倫日語創辦人
李欣倫 | 中華科技大學助理教授
日本關西大學文學博士
莫素微 |

三民書局

序

　　本書因應新制「JLPT 日本語能力試驗」考試範圍，全面修訂各項文法內容，依照難易度、結構特性、使用場合等重新編排，並配合日檢報名起始日至應考當日約 12 週的時間，將全書文法分為 12 個單元，每單元 11 項文法，共計 132 項文法。學習者可以透過章節前方的「Checklist」來確認自己已學習的範圍。

　　每項文法皆詳細標示「意味」、「接続」、「説明」、「例文」，並以「重要」不時提醒該文法使用的注意事項、慣用表現或辨別易混淆的相似文法。另外，各文法的「実戦問題」，皆比照實際日檢考試中，文法考題「文の組み立て」模式編寫。而每單元後方，也設有比照文法考題「文法形式の判断」，所編寫的 15 題「模擬試驗」。全書共計 312 題練習題，使學習者能夠即時檢視學習成效，並熟悉考題形式。

　　現今，在臺灣不論自學亦或是跟班授課，為了自助旅行、留學、工作需求等目標，學習日語的人數年年增多。為此，作為判定日語能力程度指標的「JLPT 日本語能力試驗」也變得更加重要。而本書正是專為想將日語能力提升至中級程度、通過日檢 N3 的人設計，使學習者能夠在 12 週內快速地掌握各項 N3 文法，釐清使用方式，輕鬆制霸日檢考試。

本書特色暨使用說明

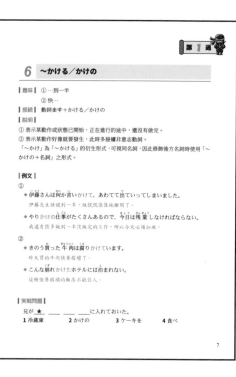

✦ Checklist 文法速成週計畫
學習者可以按照每週編排內容,完整學習 132 項日檢必考文法。各項文法皆有編號,運用「Checklist」可以安排、紀錄每項文法的學習歷程,完全掌握學習進度。

✦ 掌握語意、接續方式、使用說明
完整解說文法架構,深入淺出地說明文法觀念。若該文法具有多種含義時,則分別以①②標示。詳細接續方式請參見「接續符號標記一覽表」。

✦ 多元情境例句,學習實際應用
含有日文標音及中文翻譯,搭配慣用語句,加深對於文法應用上的理解。若該文法具有多種含義時,則分別以①②標示例句用法。

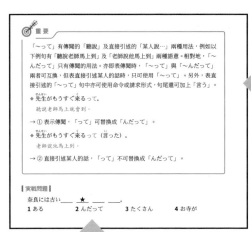

重要

「～って」有傳聞的「聽說」及直接引述的「某人說…」兩種用法，例如以下例句有「聽說老師馬上就到」及「老師說他馬上到」兩種語意。相對地，「～んだって」只有傳聞的用法。亦即表傳聞時，「～って」與「～んだって」兩者可互換，但表直接引述某人的話時，只可使用「～って」。另外，表直接引述的「～って」句中亦可使用命令或請求形式，句尾還可加上「言う」。

◆ 先生がもうすぐ来るって。

　聽說老師馬上就到。

→ ① 表示傳聞，「って」可替換成「んだって」。

◆ 先生がもうすぐ来るって（言った）。

　老師說他馬上到。

→ ② 直接引述某人的話，「って」不可替換成「んだって」。

実戦問題

奈良には古い＿＿＿　★　＿＿＿ ＿＿＿。

1 ある　　　**2** んだって　　　**3** たくさん　　　**4** お寺が

♦ **「重要」小專欄，完整補充用法**
彙整實際應用注意事項、衍生使用方式、比較相似文法間的差異，釐清易混淆的用法。

♦ **模擬試驗，檢視學習成效**
使用每回文法模擬日檢，提供「語法形式判斷」題型，釐清相似語法的使用，測驗各文法理解度與實際應用。

♦ **實戰問題，確立文法觀念**
模擬日檢「語句組織」題型即學即測，組織文意通順的句子。解答頁排序方式為：文法編號→★的正解→題目全句正確排列序。

♦ **精選附錄　50 音順排索引**
精心編排「動詞變化」、「常用特殊敬語」等一覽表。集結全書文法以50 音順排列，以利迅速查詢。

接續符號標記一覽表

「イ形容詞」、「ナ形容詞」與「動詞」會隨接續的詞語不同產生語尾變化，而「名詞」本身無活用變化，但後方接續的「だ・です」等助動詞有活用變化，以下為本書中各文法項目於「接続」所表示的活用變化。

✦ 名詞＋助動詞

接續符號	活用變化	範例
名詞	語幹	今日、本、休み
名詞の	基本形	今日の、本の、休みの
名詞だ	肯定形	今日だ、本だ、休みだ
名詞で	て形	今日で
名詞である	である形	今日である
名詞だった	過去形	今日だった
名詞普通形	普通形	今日だ、今日ではない、 今日だった、今日ではなかった

✦ ナ形容詞

接續符號	活用變化	範例
ナ形	語幹	きれい
ナ形な	基本形	きれいな
ナ形だ	肯定形	きれいだ
ナ形で	て形	きれいで
ナ形である	である形	きれいである
ナ形ではない	否定形	きれいではない
ナ形だった	過去形	きれいだった
ナ形なら	條件形	きれいなら
ナ形普通形	普通形	きれいだ、きれいではない、 きれいだった、きれいではなかった

✦ イ形容詞

接續符號	活用變化	範例
イ形い	語幹	忙し
イ形い	辭書形	忙しい
イ形くて	て形	忙しくて
イ形くない	否定形	忙しくない
イ形かった	過去形	忙しかった
イ形ければ	條件形	忙しければ
イ形普通形	普通形	忙しい、忙しくない、忙しかった、忙しくなかった

✦ 動詞

接續符號	活用變化	範例
動詞辞書形	辭書形	話す、見る、来る、する
動詞ます形	ます形	話します、見ます、来ます、します
動詞ます		話し、見、来、し
動詞て形	て形	話して、見て、来て、して
動詞ている形	ている形	話している、見ている、来ている、している
動詞た形	過去形	話した、見た、来た、した
動詞ない形	否定形	話さない、見ない、来ない、しない
動詞ない		話さ、見、来、し
動詞ば	條件形	話せば、見れば、くれば、すれば
動詞よう	意向形	話そう、見よう、来よう、しよう
動詞命令形	命令形	話せ、見ろ、来い、しろ
動詞可能形	可能形	話せる、見られる、来られる、できる
動詞受身形	被動形	話される、見られる、来られる、される
動詞使役形	使役形	話させる、見させる、来させる、させる
動詞使役受身形	使役被動形	話させられる、見させられる、来させられる、させられる
動詞普通形	普通形	話す、話さない、話した、話さなかった

✦ 其他

接續符號	代表意義	範例
名詞する	する動詞	電話する
名詞~~する~~	動詞性名詞	電話
疑問詞	疑問詞	いつ、だれ、どこ、どう、どの、なに、なぜ
文	句子	引用文、平叙文、疑問文、命令文、感嘆文、祈願文

附註：當前方接續「普通形」時，除了普通體之外，有時亦可接續敬體（です・ます形），但本書不會特別明示。

✦ 符號說明

（ ） 表示可省略括弧內的文字。

／　 用於日文，表示除了前項之外，亦有後項使用方式或解釋可做替換。

；　 用於中文，表示除了前項之外，亦有後項解釋可做替換。

①② 表示具有多種不同使用方式時，分別所代表的不同意義。

✦ 用語說明

第Ⅰ類動詞：又稱「五段動詞」，例如：「読む」、「話す」。

第Ⅱ類動詞：又稱「上下一段動詞」，例如：「見る」、「食べる」。

第Ⅲ類動詞：又稱「不規則動詞」，例如：「する」、「来る」。

意志動詞：靠人的意志去控制的動作或行為，可用於命令、禁止、希望等表現形式。
　　　　　例如：「話す」可用「話せ」（命令）、「話すな」（禁止）、「話したい」（希望）的形式表達。

非意志動詞：無法靠人的意志去控制的動作或行為，無法用於命令、禁止、希望等表現形式。例如：「できる」、「震える」、「ある」。

＊部分動詞同時具有意志動詞與非意志動詞的特性，例如：「忘れる」、「倒れる」。

瞬間動詞：瞬間就能完成的動作，例如：「死ぬ」、「止む」、「決まる」。

繼續動詞：需要花一段時間才能完成的動作，例如：「食べる」、「読む」、「書く」。

＊部分動詞同時具有瞬間動詞與繼續動詞的特性，例如：「着る」、「履く」。

新日檢制霸！N3 文法特訓班

目次

圖片來源：Shutterstock

第 1 週

1 ～によって～ (ら) れる

┃意味┃ 由…所…

┃接続┃ 名詞＋によって＋動詞受身形

┃説明┃

被動句中表示動作施行者的助詞，一般多用「に」，如果句中出現的被動語態動詞為表示創造、發明或發現等含義的動詞時，則使用「～によって」，且多用於書面表現，較少用於口語表現或個人行為。

┃例文┃

◆ 『雪国』は川端康成によって書かれた長編小説です。

　《雪國》是川端康成所寫的長篇小說。

◆ タピオカミルクティーは台湾人によって発明された。

　珍珠奶茶是由臺灣人所發明。

◆ 奈良の東大寺は、8世紀に聖武天皇によって建てられたそうだ。

　據說奈良的東大寺是由聖武天皇於8世紀所建。

 重要

第Ⅰ類動詞	第Ⅱ類動詞	第Ⅲ類動詞
動詞ない＋れる	動詞ます＋られる	不規則變化
読む→読まれる 作る→作られる	食べる→食べられる 見る→見られる	する→される 来る→来られる

┃実戦問題┃

このスマホは＿＿ ＿＿ ★ ＿＿商品だ。

1 によって　　　　**2** アメリカの　　　**3** 開発された　　　**4** 会社

2 ～（ら）れる①

▌意味▌ 以事物為主語的直接被動

▌接続▌ 名詞＋が／は＋動詞受身形

▌説明▌

在 N4 學習的基礎被動句主要是從「人」的角度出發，但在不涉及感情、純粹表達事實時，也會以「事物」作為主語。這種以被動的事物為主語的句型，通常不需特地表明動作的施行者。譯成中文時，也不適合將「被」字翻譯出來。

▌例文▌

◆ この新型のエアコンは来月発売されます。

　　這款新型的冷氣機即將在下個月開賣。

◆ 先週、英語教育シンポジウムが開かれました。

　　上星期召開了英語教育研討會。

◆ 日本では、卒業式は毎年の 3 月に行われる。

　　在日本，每年 3 月舉行畢業典禮。

 重要

如果某一被動句有對應的主動句，此種被動句一般稱為「直接被動」。

被動句	主動句
私は山下先生にほめられた。	山下先生は私をほめた。
我被山下老師稱讚。	山下老師稱讚我。

▌実戦問題▌

この授業は＿★＿ ＿＿＿ ＿＿＿ ＿＿＿予定です。

1 大きな　　　　　2 行われる　　　　3 一番　　　　　4 階段教室で

3

3 ～（ら）れる②

┃意味┃ 表示受害的間接被動

┃接続┃ （名詞₁＋が／は＋）名詞₂＋に＋動詞受身形

┃説明┃

由自動詞構成的間接被動句，表示因為外界或旁人的獨立動作而受害，為日語被動句當中的特殊語態。通常用於主語覺得某件事對自己造成困擾的時候。

┃例文┃

◆ バスに傘を忘れたので、雨に降られました。

　　我因為把雨傘忘在公車上，所以被雨淋濕了。

◆ 彼女は 12 歳の時、父に死なれた。

　　她的父親在她 12 歲的時候過世。（父親的死對她造成負面影響）

◆ 親戚に来られて宿題に集中できなかった。

　　親戚來訪讓我無法專心寫作業。

 重要

間接被動句的外觀看似與一般被動句無異，但由於該動作並非直接作用於主語上，所以無法直接轉換成主動句。

┃実戦問題┃

夜中に____ ★ ____ ____あります。

1 赤ちゃんに　　**2** 困った　　　　**3** ことが　　　　**4** 泣かれて

4 〜（ら）れる③

┃意味┃ 不由得⋯；不禁⋯

┃説明┃

動詞變化中的「〜（ら）れる」型態，除了表示被動或可能之外，還有「自發表現」。表示由於某種原因或契機，使得說話者不由自主地產生感情上的流露。因此，具有自發表現的動詞大多與情感、感覺有關，例如：「思う」、「考える」、「感じる」、「思い出す」、「心配する」、「感動する」等。

┃例文┃

◆ <ruby>卒業旅行<rt>そつぎょうりょこう</rt></ruby>の<ruby>写真<rt>しゃしん</rt></ruby>を<ruby>見<rt>み</rt></ruby>ると、<ruby>学生時代<rt>がくせいじだい</rt></ruby>のことが<ruby>思<rt>おも</rt></ruby>い<ruby>出<rt>だ</rt></ruby>されました。

　看到畢業旅行的照片，不禁想起學生時代。

◆ <ruby>虫<rt>むし</rt></ruby>が<ruby>死<rt>し</rt></ruby>んでいるのを<ruby>見<rt>み</rt></ruby>たら、<ruby>気持<rt>きも</rt></ruby>ちが<ruby>悪<rt>わる</rt></ruby>く<ruby>感<rt>かん</rt></ruby>じられる。

　看到死去的昆蟲，不由得感到難受。

◆ このごろ、<ruby>毎日恋人<rt>まいにちこいびと</rt></ruby>からの<ruby>電話<rt>でんわ</rt></ruby>が<ruby>待<rt>ま</rt></ruby>たれる。

　最近每天情不自禁地等待情人來電。

重要

現代日語中，有些動詞本身即具有自發的意思，因此無需再變化為「〜（ら）れる」的型態，例如：「泣ける」、「笑える」、「思える」等，本身即帶有不由自主的意思。

┃実戦問題┃

この話は初めて聞いた＿＿＿　＿＿＿　＿＿＿　**★**＿＿＿だろう。

1 思われる　　　　　**2** 人　　　　　　　**3** 不思議に　　　　　**4** には

5 〜（ら）れる④

┃意味┃ 尊敬表現

┃説明┃

動詞變化中的「〜（ら）れる」型態，除了被動、可能和自發表現之外，亦可當成尊敬動詞使用，表示懷著尊敬的心情敘述他人的動作或行為。敬意程度雖然不如文法「お／ご＋動詞ます＋になる」和特殊尊敬動詞來得高，使用卻很頻繁。

┃例文┃

◆ 高橋先生はこの学校で数学を教えられています。

　高橋老師在這間學校教數學。

◆ 来週から中国へ出張に行かれますか。

　您下星期開始要去中國出差嗎？

◆ 課長によると、部長は10時の会議に出席されるそうです。

　聽課長說，經理會出席10點的會議。

 重要

尊敬語的敬意程度比較（由高到低）：

特殊尊敬動詞＞お／ご＋動詞ます＋になる＞〜（ら）れる
（舉例：喝）召し上がる＞お飲みになる＞飲まれる

┃実戦問題┃

木村教授も＿＿＿ ★ ＿＿＿ ＿＿＿か。

1 来られます　　**2** に　　　　　　**3** 発表会　　　　　**4** 明日の

6 | ～かける／かけの

┃意味┃ ① …到一半

② 快…

┃接続┃ 動詞ます＋かける／かけの

┃説明┃

① 表示某動作或狀態已開始，正在進行的途中，還沒有做完。

② 表示某動作好像就要發生，此時多接續非意志動詞。

「～かけ」為「～かける」的衍生形式，可視同名詞，因此修飾後方名詞時使用「～かけの＋名詞」之形式。

┃例文┃

①

◆ 伊藤さんは何か言いかけて、あわてて出ていってしまいました。

　伊藤先生話說到一半，就慌慌張張地離開了。

◆ やりかけの仕事がたくさんあるので、今日は残業しなければならない。

　我還有很多做到一半沒做完的工作，所以今天必須加班。

②

◆ きのう買った牛肉は腐りかけています。

　昨天買的牛肉快要腐壞了。

◆ こんな崩れかけたホテルには泊まれない。

　這種快要崩塌的飯店不能住人。

┃実戦問題┃

兄が ★＿＿ ＿＿ ＿＿ ＿＿ に入れておいた。

1 冷蔵庫 　　　　**2** かけの 　　　　**3** ケーキを 　　　　**4** 食べ

7 ～きる

┃意味┃ ①…完

②…極了

┃接続┃ 動詞ます＋きる

┃説明┃

「～きる」亦可寫成漢字「～切る」。

① 表示徹底做完某動作。否定說法為「～きれない」，表示無法將某動作做到最後，因此使用「～きる」的可能否定形。

② 表示該動作的狀態達到極限，中文可譯為「…極了」或是「非常…」。

┃例文┃

①

◆ ６０分以內に餃子を100個食べきったら無料です。

如果在 60 分鐘內吃完 100 顆餃子的話就免費。

◆ こんなにたくさんのお酒、飲みきれないよ。

這麼多酒，喝不完的。

②

◆ お客様からのクレームが来て、店長は困りきった顔をしています。

收到來自顧客的投訴，店長露出非常煩惱的表情。

◆ 大雪の中をこの荷物を背負って歩き回れば、疲れきるのも無理はないよ。

在大雪中背著這件行李走來走去，怪不得累壞了。

┃実戦問題┃

あまりにも面白くて、全25巻の漫画を＿＿ ＿＿ ＿＿ ★ 。

1 で 　　　　 **2** 読み 　　　　 **3** きった 　　　　 **4** 3日間

8 ～づらい

▌意味▐ 難以…

▌接続▐ 動詞ます＋づらい

▌説明▐

表示心理或身體層面上對於做某事感到很困難、很有壓力,「づらい」的漢字為「辛い」。相近且常見的用法為「～にくい」,漢字為「難い」,中文亦翻譯成「難以…」,用於客觀表示執行某事的困難,除了身體層面外,亦可用於自然現象方面。語意上雖有差異,「～づらい」的句子一般也可說成「～にくい」。

▌例文▐

◆ 年寄りにとっては、新聞の字が小さすぎて、読みづらいです。

　　對年長者而言,報紙的字太小,讀得很吃力。

◆ 彼女と喧嘩したばかりなので、顔を合わせづらいです。

　　因為才剛和女友吵架,所以見面很尷尬。（心理上覺得跟女友見面有困難）

◆ 有給をとりたいけど、上司に言いづらい。

　　雖然想請特休假,但難以對上司開口。

重要

「～づらい」為敘述動作者的動作執行,故只能接意志動詞,而「～にくい」則接意志動詞或非意志動詞皆可。

（○）道路に雪が積もって歩きにくい／道路に雪が積もって歩きづらい。

　　路上積雪,很難行走。

（×）この服は頑丈で破れづらい。

（○）この服は頑丈で破れにくい。　　這件衣服很牢固,不容易破。

▌実戦問題▐

このリモコンはボタンが＿＿＿ ＿＿＿ ＿★＿ ＿＿＿。

1 使い **2** 鈍い **3** ので **4** づらい

9 ～がち

┃意味┃ 經常…；往往…

┃接続┃ 名詞
動詞ます ｝＋がち

┃説明┃

表示人物或事物有某種不好的傾向，而且經常發生或多次出現。前面可接續的名詞有限，常見的有「病気がち」、「曇りがち」、「留守がち」等。置於句中時作「～がちで」，置於句尾時作「～がちだ」，修飾後方名詞時則使用「～がちの／がちな＋名詞」之形式。

┃例文┃

◆ 私は小さい頃、病気がちであまり学校にも行けませんでした。

我小時候經常生病，連學校都不太能去。

◆ 水や空気は私たちの生活になくてはならないものだが、人間はその存在を忘れがちだ。

水與空氣是我們生活中不可或缺的東西，但人類卻經常忘記它們的存在。

◆ 台北は夏は蒸し暑くて過ごしにくく、冬は雨や曇りがちの天気が多い。

臺北的夏天悶熱得令人難受，冬天則經常是多雨多雲的天氣。

┃実戦問題┃

最近は＿＿＿ ＿＿＿ ★ ＿＿＿、何かの病気かどうか心配している。

1 寝不足 **2** なり **3** がちで **4** に

10 ～っぽい

┃**意味**┃ ① 有…的感覺

② 容易…；經常…

┃**接続**┃ ① 名詞＋っぽい

② 動詞ます＋っぽい

┃**説明**┃

活用規則屬於イ形容詞的語尾變化。

① 前接名詞，表示前項的人事物給人某種感覺或傾向，多為負面用法。若接在顏色名詞後則表示偏向該色系，如「白っぽい」和「黒っぽい」，為中性字眼。

② 前接動詞ます形去ます，則表示「容易…」的意思，多用於描述他人的個性，語帶說話者的批評，因此多為負面用法。

┃**例文**┃

①

◆ アイメイクを変えるだけで、大人っぽい雰囲気を作ることができます。

　　只要改變眼妝，就能營造出成熟的氣氛。

◆ このカレーは薬っぽい味がするので、あまり売れていない。

　　這種咖哩味道像藥，所以賣得不太好。

②

◆ 僕は友達に怒りっぽい性格を直してほしいと言われました。

　　朋友說希望我可以改變暴躁易怒的個性。

◆ 飽きっぽい人にとっては、一つのことだけを続けるのが難しい。

　　對三分鐘熱度的人來說，很難持續只做一件事。

┃**実戦問題**┃

彼は 37 歳に＿＿＿ ★ ＿＿＿ ＿＿＿があります。

1 ところ　　　　　**2** っぽい　　　　　**3** 子供　　　　　**4** なっても

11 〜そうもない／そうにない

┃意味┃　看様子不會…

┃接続┃　動詞ます＋そうもない／そうにない

┃説明┃

樣態助動詞「〜そうだ」的否定形有二，接在動詞後面時，作「〜そうもない」或「〜そうにない」，接在形容詞後面時，則作「〜そうではない」或「〜なさそうだ」，皆表示「從某人事物的外表、表面看起來沒有…的跡象」。

┃例文┃

◆ 相手チームは非常に強くて、私たちは勝てそうもありません。

　　對手非常強，看來我們毫無勝算。

◆ 貯金が足りないので、修学旅行に行けそうもない。

　　存款不足，看樣子畢業旅行是去不成了。

◆ 宿題の量が多すぎて、今日中に終わりそうにない。

　　作業太多，看樣子今天做不完了。

重要

與肯定的情況相同，表示說話者自己的動作時，「〜そうもない／そうにない」的前面只能是非意志動詞，若是意志動詞必須改成「可能形」才能接「〜そうもない／そうにない」。但若是表示他人的動作時，則不在此限。

（×）もう午後9時なのに、まだ帰りそうもない。

（○）もう午後9時なのに、まだ帰れそうもない。

　　已經晚上9點了，看樣子還無法回家。

（○）もう閉店時間なのに、あのお客さんはまだ帰りそうもない。

　　已經到打烊時間了，那位客人卻還沒有要離開的樣子。

▌実戦問題▐

今日は雨も風もひどいので、＿＿＿ ＿＿＿ ★ ＿＿＿。

1 が   **2** でき   **3** 試合   **4** そうにない

次の文の（　　）に入れるのに最もよいものを、1・2・3・4から一つ選びなさい。

1 修正液はアメリカ人（　　）発明された。

1 に　　　　　　　**2** によって　　　　**3** で　　　　　　　**4** から

2 明日のオンライン交流イベントには約20名の学生の他に、2名の先生方も
（　　）予定です。

1 ご参加する　　　**2** 参加致す　　　　**3** 参加になる　　　**4** 参加される

3 フルマラソンを最後まで（　　）ことができるように、毎日練習している。

1 走られる　　　　**2** 走りきる　　　　**3** 走れる　　　　　**4** 走りかける

4 人はやるべきことを先延ばしに（　　）。

1 される　　　　　**2** しがちだ　　　　**3** するがちだ　　　**4** しづらい

5 180センチくらいの女性に目の前に（　　）、ショーが見られなかった。

1 立たれて　　　　**2** 立って　　　　　**3** 立ち　　　　　　**4** 立れて

6 事故に遭って（　　）が、今は元気です。

1 死に始めた　　　**2** 死なれた　　　　**3** 死にきった　　　**4** 死にかけた

7 教授の説明が抽象的すぎて、（　　）。

1 わかりやすい　　　　　　　　　　　**2** わかりづらい

3 わかり深い　　　　　　　　　　　　**4** わかり難しい

⑧ 感染病が蔓延して、気安く海外に（　　　）。
1 行けそうもない 　　　　　　　　　2 行きそうにない
3 行けそうだ 　　　　　　　　　　　4 行くそうだ

⑨ 私は彼の説教を聞いて（　　　）。
1 疲れきった 　　　2 疲れきれた 　　　3 疲れされた 　　　4 疲れさせた

⑩ 彼は（　　　）名前をしている。
1 間違いなく 　　　　　　　　　　2 間違った
3 間違われがちな 　　　　　　　　4 間違われきった

⑪ 運動会（　　　）予定の時間に行われた。
1 を 　　　　　　　2 は 　　　　　　3 に 　　　　　　4 で

⑫ 歳を取ると脳が衰えて、だんだん（　　　）なる。
1 忘れづらく 　　　2 忘れなく 　　　3 忘れはやく 　　　4 忘れっぽく

⑬ 明日は雨なので、流星群を（　　　）。
1 見られそうにない 　　　　　　　2 見そうもない
3 見えそうはない 　　　　　　　　4 見づらいそうにない

⑭ このままだと、いつか大きなミスに繋がると（　　　）。
1 思れる 　　　　　2 思える 　　　　3 思われる 　　　4 思られる

⑮ このスイカは（　　　）美味しくない。
1 水々しくて 　　　2 水づらくて 　　　3 水っぽくて 　　　4 水がちで

第 2 週

Checklist

12 ～に決まっている

┃意味┃ 一定…：肯定…

┃接続┃ 名詞／である
ナ形／である
イ形普通形
動詞普通形
⎱+に決まっている

┃説明┃

前接說話者的個人看法，表示充滿自信的主觀推測，認為無庸置疑。因為屬於主觀說法，所以不會用於新聞報導和正式場合上。

┃例文┃

◆ この小説を一晩で読みきるのは無理に決まっていますよ。

　　要在一個晚上讀完這本小說肯定是不可能的。

◆ A：今度の日本語スピーチコンテスト、誰が優勝するかなあ。

　　這次的日語演講比賽，誰會獲勝呢？

　　B：陳さんに決まっているだろう。

　　一定是陳同學吧！

◆ コンビニで買ったら高いに決まっているから、明日スーパーへ行って買おう。

　　在便利商店買的話一定很貴，所以還是明天去超市買好了。

┃実戦問題┃

動物好きな林さんはこの仕事＿＿＿　＿＿＿　★＿　＿＿＿。

1 に　　　　　　　　　　　　　**2** を

3 決まっている　　　　　　　　**4** 受ける

13 〜にとって／にとっての

┃意味┃ 對…而言

┃接続┃ 名詞＋にとって／にとっての

┃説明┃

前接人或組織，表示評價或判斷事物時，所依據的身分立場、基準。修飾後方名詞時則作「〜にとっての＋名詞」。

┃例文┃

◆ 服部さんは私にとってかけがえのない友人です。

　服部先生對我而言是無可取代的朋友。

◆ 戦争経験者にとっての戦争は、私たち戦争を知らない世代の考えるものとは違うでしょう。

　戰爭對於親身經歷過的人而言，應該與我們這些未經歷過的世代所想的截然不同吧。

◆ 彼にとって、一番大事なのはお金ではなく、健康だ。

　對他來說，最重要的不是金錢，而是健康。

 重要

　「〜にとって」後面可加上助詞「は」變成「〜にとっては」，具有強調或對比的作用。若加上助詞「も」變成「〜にとっても」，意思為「對…來說也…」。

┃実戦問題┃

早起きすることは＿＿ ★ ＿＿ ＿＿です。

1 とても　　　　　**2** にとって　　　　**3** 私　　　　　　　**4** 簡単

14 〜について／についての

┃意味┃ 關於…；針對…

┃接続┃ 名詞＋について／についての

┃説明┃

表示牽涉到的事物範圍。修飾後方名詞時，使用「〜についての＋名詞」之形式。

┃例文┃

◆ 今回の事件について、知っていることを全て話してください。

　　關於這次的事件，請把你知道的事全部告訴我。

◆ 卒業後の進路について担任の先生と話し合おうと思います。

　　我打算和導師討論有關畢業後的出路。

◆ この本は日本の近代文学についての説明が詳しくてわかりやすい。

　　這本書裡關於日本近代文學的說明詳細又易懂。

 重要

「〜について」後面可加上助詞「は」，將「〜について」前面的內容作為主題。

◆ 故障の原因についてはまだ何もわかっていないそうだ。

　　有關故障的原因，據說還一無所知。

┃実戦問題┃

潘さんはアメリカの大学院で＿＿＿ ★ ＿＿＿ ＿＿＿きた。

1 について　　　**2** 研究して　　　**3** 教育の関係　　　**4** スポーツと

15 〜において／における

┃意味┃ 於…；在…

┃接続┃ 名詞＋において／における

┃説明┃

表示事情發生或存在的時空、場所，或是事物的領域，因此前面接續與地點、場合等相關的名詞。意思類似助詞「で」，但多用於書面表現，較少用於口語對話。修飾後方名詞時，使用「〜における＋名詞」之形式。

┃例文┃

◆ 国際会議は大ホールにおいて行われる予定です。

國際會議預定在大會堂舉行。

◆ この分野における渡辺教授の業績は現代科学に多大な影響を与えました。

渡邊教授在這個領域中的成果給予現代科學極大的影響。

◆ 彼の研究はその当時においては最先端のものでした。

他的研究在當時是最先進的。

◆ このドレスは現在のファッション界においても十分通用するモダンなデザインだ。

這件禮服時至今日仍是時裝界相當受歡迎的時髦設計。

┃実戦問題┃

会場＿＿＿ ＿＿＿ ★ ＿＿＿います。

1 撮影や　　　　**2** 禁止されて　　　　**3** における　　　　**4** 録音は

21

16 〜に対して／に対する

｜意味｜ 面對…；對於…

｜接続｜ 名詞＋に対して／に対する

｜説明｜

表示動作或態度直接作用、投射於某個對象，人或事物皆可。修飾後方名詞時，使用「〜に対する＋名詞」之形式。

｜例文｜

◆ お客様に対して、笑顔で接するのがサービス精神です。

　面對顧客，以笑容待客才是服務精神。

◆ 私は夫の消極的な態度に対して怒っているのです。

　我對於丈夫消極的態度感到生氣。

◆ 今井教授の論文を読んで政治学に対する考え方が変わった。

　我讀了今井教授的論文後，對政治學改觀。

重要

「〜に対して」前接動作的承受對象，若為議題，後面多搭配「反抗」、「反論」等與表態相關的動詞，「〜について」則著眼於議題內容。

（×）この問題に対して調べたい。

（○）この問題について調べたい。　我想針對這個問題做調查。

｜実戦問題｜

彼はいつも＿＿＿　＿＿＿　★＿＿＿　＿＿＿を行います。

1 に対して　　　**2** 患者　　　　**3** 説明　　　　**4** 丁寧な

17 ～にしたがって／にしたがい

┃意味┃ 隨著…；伴隨…

┃接続┃
名詞
動詞辞書形 ｝＋にしたがって／にしたがい

┃説明┃

漢字寫成「～に従って／に従い」。表示隨著前項的進展，逐漸帶動後項的改變。
「～にしたがい」的説法比「～にしたがって」要來得生硬。

┃例文┃

◆ 収入の増加にしたがって、貯金額も増やしていこうと思います。

　　隨著收入增加，我打算也提高儲蓄的金額。

◆ この国では都市の発展にしたがって、農村の人口流出が問題になってきた
そうだ。

　　聽說這個國家隨著都市的發展，出現了農村的人口外流問題。

◆ 環境問題への関心が高まるにしたがい、リサイクル運動も盛んになってきた。

　　隨著環保意識的高漲，資源回收運動也盛行起來。

重要

「～にしたがって」有另一個用法，前接「説明」、「ルール」等名詞，表
示依照指示或規則行動，中文可譯為「根據、按照…」。

┃実戦問題┃

オーストラリアは★ ____ ____ ____寒くなる。

1 南へ　　　　　　2 だんだん　　　　3 にしたがって　　4 行く

18 ～につれて／につれ

┃意味┃ 隨著…

┃接続┃ 名詞　　　　┓
　　　　動詞辞書形┛＋につれて／につれ

┃説明┃

前接變化，表示隨著前項的進展，牽動後項的客觀演變。「～につれ」為「～につれて」的書面語，語氣上較為生硬。

┃例文┃

◆ 子供たちの成長につれて家が狭く感じるようになってきた。

　　隨著孩子們長大，覺得家裡變窄了。

◆ 失恋の痛みは時間が経つにつれて薄れていくものだ。

　　失戀的傷痛是會隨著時間的流逝而逐漸淡去。

◆ この付近は森林伐採が進むにつれて、土砂災害が発生するようになった。

　　隨著森林不斷砍伐，這附近開始發生土石災害。

 重要

「～につれて」與相似文法「～にしたがって」的差異在於，「～につれて」的後文不可以是主觀的決心、意志。

┃実戦問題┃

この町は＿＿＿ ＿＿＿ ＿＿＿ ★ 、にぎやかになってきた。

1 増加する　　　　**2** につれて　　　　**3** 人口　　　　**4** が

19 〜にかわって／にかわり

┃意味┃ 代替…；取代…

┃接続┃ 名詞＋にかわって／にかわり

┃説明┃

漢字寫成「〜に代わって／に代わり」。表示代替前者進行某動作，或是取而代之。「〜にかわり」的說法較「〜にかわって」來得生硬。

┃例文┃

◆ 母_{はは}にかわって、私_{わたし}が親戚_{しんせき}の結婚式_{けっこんしき}に出席_{しゅっせき}することになりました。

> 我代替母親出席親戚的婚禮。

◆ あいにく責任者_{せきにんしゃ}の中川_{なかがわ}が席_{せき}を外_{はず}しておりますので、中川_{なかがわ}にかわり私_{わたし}がお話_{はなし}を伺_{うかが}います。

> 不巧負責人中川離開座位，因此由我代替他，聽取您的意見。

◆ ＣＤ_{シーディー}にかわって、ストリーミングが音楽消費_{おんがくしょうひ}の主流_{しゅりゅう}になっている。

> 串流媒體取代了唱片，成為音樂消費的主流。

 重要

當「〜にかわって／にかわり」前面接的名詞為人物時，可以替換成「〜のかわりに」，詳細說明請參考文法 74「〜かわりに」。

┃実戦問題┃

市長＿＿＿ ★ ＿＿＿ ＿＿＿記者会見に出席しました。

1 にかわって　　**2** が　　　　　**3** 午後の　　　　　**4** 副市長

20 〜にわたって／にわたり／にわたる　　　書面語

┃意味┃ 歷經…；長達…

┃接続┃ 名詞＋にわたって／にわたり／にわたる

┃説明┃

前接場所、期間或次數等名詞，表示動作或行為擴及的整體範圍。「〜にわたり」
為比「〜にわたって」還要生硬的說法。另外，「〜にわたって」可作副詞使用，
修飾後方的動詞。若修飾後方名詞時，則作「〜にわたる＋名詞」或「〜にわたっ
た＋名詞」。

┃例文┃

◆ このあたりはひとたび大雨が降れば、広範囲にわたって洪水が発生します。

　　這一帶每逢大雨就會發生洪水，遍及廣大的範圍。

◆ 1か月にわたったワールドカップも今、幕を閉じようとしています。

　　歷時 1 個月的世界盃足球賽現在也將要閉幕。

◆ A社は過去 15 年にわたり、日本とベトナムの間で貿易を行ってきた。

　　A 公司過去 15 年來在日本與越南之間進行貿易。

 重要

　「〜にわたって」後面也經常接續「続く」、「続ける」等動詞。另外，「長
年にわたって」為本文法常見的慣用表現，意指「長年以來」。

┃実戦問題┃

　これは＿＿＿　＿＿＿　★　＿＿＿の結果報告です。

1 行われた　　　　**2** 10年　　　　　　**3** にわたって　　　　**4** 調査

21 ～に比べて

┃意味┃ 和…相比；比起…

┃接続┃ 名詞
動詞辞書形＋の ┃ ＋に比べて

┃説明┃

表示與某對象互相比較、對照，通常使用「名詞₁＋に比べて＋名詞₂＋は～」
或「名詞₂＋は＋名詞₁＋に比べて～」的形式。

┃例文┃

◆ アメリカ人に比べて、日本人は平均身長が低いです。

　 和美國人相比，日本人的平均身高較矮。

◆ あの姉妹は双子だが、おしゃべりな妹に比べて、姉はおとなしい。

　 那對姊妹雖是雙胞胎，但和話多的妹妹相比，姊姊很嫻靜。

◆ 新幹線は高いが、高速バスで行くのに比べて格別に速い。

　 新幹線雖然貴，但比起搭客運前往會快很多。

重要

「～に比べて」亦可寫成「～に比べると」。此外，也可與相似文法「～よ
り」互相替換使用。

◆ 九州に比べると、北海道は大きいです。
＝ 北海道は九州より大きいです。　　與九州相比，北海道面積較大。

┃実戦問題┃

この地域では冬＿＿ ★ ＿＿ ＿＿雨の日が少ないです。

1 に　　　　　　**2** は　　　　　　**3** 比べて　　　　　**4** 夏

22 ～によると／によれば

┃意味┃ 根據…

┃接続┃ 名詞＋によると／によれば

┃説明┃

表示訊息、傳聞的來源，通常與句尾的「そうだ」、「らしい」、「だろう」或「とのことだ」等互相呼應。「～によると」可與意思相同的「～によれば」互相替換。

┃例文┃

◆ 天気予報によると、明後日は雪が降るそうです。

　根據天氣預報，後天會下雪。

◆ 奥さんの話によると、大塚さんはもうすぐ退院するそうだ。

　聽大塚太太說，大塚先生快要出院了。

◆ うわさによれば、あのバンドは来月解散するらしい。

　根據傳聞，那個樂團似乎將在下個月解散。

 重要

文法「～による」外觀與「～によると」相似，但「～による」表示「原因」、「因…而異」或「方法手段」，均與本文法用法不同。關於「～による」的意思與用法將於下一章節詳細介紹。

┃実戦問題┃

警察によると、冬は＿＿＿ ＿＿＿ ★ ＿＿＿。

1 そうだ　　　　　　　　　　　**2** 発生しやすい

3 季節だ　　　　　　　　　　　**4** 交通事故が

●——————————— ● 模擬試験 ● ———————————●

次の文の（　　）に入れるのに最もよいものを、1・2・3・4から一つ選びなさい。

① 日本のサービス（　　）どう思いますか。
1 に　　　　　　**2** にとって　　　**3** について　　　**4** で

② この説明（　　）組み立ててください。
1 について　　　　　　　　**2** によると
3 において　　　　　　　　**4** につれて

③ 年月が経つ（　　）、人は成長していく。
1 について　　　　　　　　**2** にわたって
3 によると　　　　　　　　**4** につれて

④ 竹内さんは私（　　）文句を言った。
1 にとって　　　　　　　　**2** に対して
3 にしたがって　　　　　　**4** にきまって

⑤ 犯行現場に残された痕跡から、犯人は彼に（　　）。
1 決まった　　　　　　　　**2** 決まっている
3 決めた　　　　　　　　　**4** 決めている

⑥ 他人（　　）偏見はよくない。
1 にとっての　　　**2** による　　　**3** に対する　　　**4** に決まる

⑦ 弟（　　）授業を受けてみた。
1 に対して　　　**2** によって　　　**3** に代わって　　　**4** にして

8 正式な場（　　）礼儀作法は、国によって異なる。
1 でおける　　　　2 における　　　　3 におく　　　　4 でおく

9 何世紀（　　）この地層は作られた。
1 にもわたって　　　　　　　　2 にも比べて
3 にもおいて　　　　　　　　　　4 にもなって

10 人にものをもらうの（　　）、あげるほうが幸せだ。
1 によって　　　　2 に対して　　　　3 に比べて　　　　4 において

11 学校の感染症予防（　　）対策は万全だと思いますか。
1 にとっての　　　　2 に決まる　　　　3 による　　　　4 についての

12 この誕生日プレゼントは私（　　）宝物です。
1 にとっての　　　　2 に対する　　　　3 における　　　　4 によっての

13 台湾は半導体の研究（　　）、世界の先端を走っている。
1 でおいて　　　　2 において　　　　3 におけて　　　　4 でおけて

14 この本（　　）世界では、６人に１人の子供たちが、極度に貧しい生活をしているらしい。
1 において　　　　2 について　　　　3 によると　　　　4 にしたがって

15 この経験は私（　　）大変貴重だった。
1 にとって　　　　2 に対して　　　　3 に決まって　　　　4 において

第 3 週

Checklist

23 〜によって／により／による①

┃意味┃ 因為…；由於…

┃接続┃ 名詞＋によって／により／による

┃説明┃

前接名詞，表示該原因引發後項的事情發生。「〜によって」和「〜により」的意思相同，不過「〜により」為較生硬的說法，多用於文章。修飾後方名詞時，則使用「〜による＋名詞」之形式。

┃例文┃

◆ 地震によって、新幹線が止まりました。

由於地震，造成新幹線停駛。

◆ S県では、交通死亡事故の約3割が飲酒運転によるものです。

在S縣，約有3成的交通死亡事故是因酒駕所導致。

◆ 中学1年生を対象に、SNSによるトラブルを防ぐための講演会を行いました。

針對國中1年級學生，舉辦了一場以防範社群媒體糾紛為目的的演講。

◆ 人口の減少により、労働力不足になった。

由於人口減少，導致勞動力不足。

┃実戦問題┃

午後5時ごろ関東地方で地震がありました。＿＿ ＿＿ ★ ＿＿ありません。

1 心配は 　　　 **2** 津波の 　　　 **3** この地震 　　　 **4** による

24 〜によって／により／による②

┃意味┃ 因…而異

┃接続┃ 名詞＋によって／により／による

┃説明┃

表示根據不同情況，就會產生不一樣的結果，相當於中文的「因…而異」之意。前面經常接「場合」、「人」、「国」、「時」等名詞，後文則多使用「異なる」、「違う」、「変わる」等動詞。「〜により」為較生硬的說法，多用於文章。修飾後方名詞時，則使用「〜による＋名詞」之形式。

┃例文┃

◆ この 薬 は人によって副作用が違います。

　　這種藥的副作用因人而異。

◆ 肌の色による人種差別は絶対に許されないことです。

　　因膚色不同而種族歧視是絕對不允許的事。

◆ 人の 考 え 方は時と場合によって異なる。

　　人的觀念想法會因時間和場合而有所不同。

◆ ものの呼び名は 所 により、また時代によってずいぶん変わるものである。

　　事物的名稱會因地點或時代而產生相當大的變異。

┃実戦問題┃

生まれ育った＿＿＿ ＿＿＿ ★ ＿＿＿はさまざまである。

1 価値観　　　　　**2** 人の　　　　　　**3** により　　　　　**4** 環境

25 ～によって／により／による③

┃意味┃ 透過…；藉由…

┃接続┃ 名詞＋によって／により／による

┃説明┃

表示依靠某種手段、方法而行動，相當於中文的「透過、憑藉」之意，用法類似助詞「で」。修飾後方名詞時，使用「～による＋名詞」之形式。

┃例文┃

◆ 参加者はくじ引きによって赤組と白組に分かれます。

　参加者藉由抽籤分成紅隊和白隊。

◆ 当店は現金のみです。クレジットカードによるお支払いはできません。

　本店只接受現金，無法以信用卡付款。

◆ 外国語を学ぶことにより、視野を広げることができる。

　透過學習外語，可以拓展視野。

 重要

如果是個人的事情，則不能使用「～によって」，應使用助詞「で」。

（×）ＭＲＴによって学校へ行く。

（○）ＭＲＴで学校へ行く。　搭捷運去學校。

┃実戦問題┃

フランスでは、国民が＿＿＿　★　＿＿＿　＿＿＿選びます。

1 大統領　　　　**2** 選挙　　　　　**3** によって　　　　**4** を

26 〜に強い／に弱い

┃意味┃ 〜に強い：耐…

〜に弱い：不耐…

┃接続┃ 名詞＋に強い／に弱い

┃説明┃

形容詞「強い」和「弱い」除了表示力道的強弱之外，也具有能力優劣的意思。前接表示狀態認定基準的助詞「に」，意指比較基準和適用範圍。

┃例文┃

◆ 不況に強い企業になる秘訣は何ですか。

　　成為能夠抵擋不景氣的企業，其秘訣是什麼？

◆ 私は数字に弱いから、数学が苦手だ。

　　因為我對數字不敏感，所以數學不好。

◆ この新しい製品は熱に弱いが、水に強い。

　　這個新產品雖不耐熱，但可防水。

 重要

表示比較基準和適用範圍的助詞「に」還有以下的用法：

◆ マーガリンは体に悪い。　人造奶油對身體不好。

◆ 兄は父に似ている。　哥哥長得像父親。

┃実戦問題┃

あの古い木造アパートは地震＿＿＿ ＿＿＿ ＿＿＿ ★ です。

1 や　　　　　　　2 に　　　　　　　3 弱い　　　　　　　4 火事

27 〜を通じて／を通して

┃意味┃ ① 透過…

② 在…期間

┃接続┃ 名詞＋を通して／を通じて

┃説明┃

① 表示訊息傳達或締結關係的管道、媒介。「〜を通じて」和「〜を通して」可互換，但語感上略有差異，「〜を通じて」偏向書面語，常見於新聞報導，且語意上較為被動，「〜を通して」則較為主動。

② 前接與時間相關的名詞，表示在整個期間內一直持續某狀態或動作。

┃例文┃

①

◆ あの俳優はマネージャーを通してスケジュールの確認をしないと、アポイントはとれません。

若不透過經紀人跟那位演員確認行程的話，是約不到他的。

◆ 夫とはオンラインゲームを通じて知り合ったのだ。

我和丈夫是透過線上遊戲認識。

②

◆ 京都は年間を通して外国人観光客が多いです。

京都一整年外國觀光客都很多。

◆ ここは四季を通じて気候が温暖なので、住みやすい街と言われている。

這裡一年四季氣候都很溫暖，所以被稱為宜居城市。

┃実戦問題┃

藤原さんが突然退職する＿＿＿ ＿＿＿ ＿＿＿ ＿★＿聞いた。

1 を通じて　　　　**2** 岡本さん　　　　**3** は　　　　　　**4** という話

28 〜をきっかけに（して）

┃意味┃ 由於…；以…為契機

┃接続┃ 名詞
動詞普通形＋の／こと ｝＋をきっかけに（して）

┃説明┃

表示以某事為契機，而有新的行動或改變，此時的「きっかけ」意思為「機會」。須留意動詞句名詞化時，要在句尾加上「の」或「こと」。此外，亦可說成「〜をきっかけとして」，在語氣上較「〜をきっかけに（して）」來得生硬。

┃例文┃

◆ 彼女とは飛行機の座席がたまたま隣り合ったのをきっかけに知り合ったのです。

我和她是由於恰巧在飛機上比鄰而坐而認識。

◆ 友人の交通事故をきっかけにして、私も安全運転を心がけるようになりました。

由於朋友發生了交通事故，才讓我也開始留意要小心駕駛。

◆ タイドラマが好きになったことをきっかけとして、タイに興味を持つようになった。

因為喜歡上泰國的戲劇，而開始對泰國產生興趣。

┃実戦問題┃

国際交流＿＿＿ ＿★＿ ＿＿＿ ＿＿＿なりました。

1 をきっかけに **2** ように

3 を勉強する **4** 英語

37

29 〜を〜として

┃意味┃ 以…作為…；把…當作…

┃接続┃ 名詞₁＋を＋名詞₂＋として

┃説明┃

表示將人、事、物定位於某種立場、身分，或視為某種範本、目標等。修飾後方名詞時，則作「名詞₁＋を＋名詞₂＋とする＋名詞₃」或「名詞₁＋を＋名詞₂＋とした＋名詞₃」。

┃例文┃

◆ あなたはどんな時も彼女を妻として、ともに歩んでいくことを誓いますか。

　　你願意接納她作為你的妻子，發誓無論何時都相互扶持嗎？

◆ このボランティア団体は彼をリーダーとして2010年に発足した。

　　這個義工團體是由他帶領，於2010年開始運作。

◆ 環境保護をテーマとした国際会議が来年大阪で開かれる。

　　以環境保護為主題的國際會議明年將在大阪召開。

重要

「〜を〜として」可替換成「〜を〜に（して）」，「〜を〜とする／〜を〜とした」可替換成「〜を〜にする／〜を〜にした」。

◆ 先週、海をテーマにしたパーティに参加した。

　　上星期參加了以海洋為主題的派對。

┃実戦問題┃

日本語能力試験N3に合格すること＿＿＿　＿＿＿　★　＿＿＿いる。

1 がんばって　　　**2** として　　　　**3** を　　　　　**4** 目標

30 ～として（は／も）

┃意味┃ 作為…；以…的立場

┃接続┃ 名詞＋として（は／も）

┃説明┃

表示當事人的職位、身分、立場或資格等。「～としては」是將前面的名詞做為主題，或表示對比。「～としても」則是強調與他人沒有什麼不同，意思為「身為…也」。

┃例文┃

◆ 中島先生は客員教授としてこの大学で教えたことがあります。

中島老師曾以客座教授的身分在這所大學任教。

◆ 教師としては、生徒のアルバイトには賛成できません。

以老師的立場而言，我不贊成學生打工。

◆ いじめの問題は校長の私としても何とかしなければと思っているところです。

關於霸凌問題，身為校長的我也正在想方設法務必採取一些行動。

重要

修飾後方名詞時，則作「～としての＋名詞」。

◆ 彼はプロ選手としての誇りを示した。

他展現了身為職業選手的驕傲。

┃実戦問題┃

愛知県の豊田市は＿＿＿ ＿＿＿ ＿＿＿ ＿★＿ いる。

1 自動車産業が   **2** として

3 盛んな都市   **4** 知られて

31 ～としたら／とすれば／とすると

┃意味┃ 如果…的話

┃接続┃ 名詞普通形
ナ形普通形
イ形普通形
動詞普通形 ┃ ＋としたら／とすれば／とすると

┃説明┃

表示假設條件或既定條件，後半句多表示說話者的疑問、判斷或推測。會話中時較常說「～としたら」。須留意「～とすれば／とすると」的後文不能是表示說話者的意志或希望的句子，「～としたら」則可以。

┃例文┃

◆ 1000万円の宝くじが当たったとしたら、何を買いますか。

如果中了 1000 萬日圓的樂透，你會買什麼呢？

◆ ここに書いてある話が本当だとすれば、これは重大な発見だ。

如果這裡所寫的事情是真的話，這將是重大的發現。

◆ 新しい冷蔵庫を買うとすると、どこに置くかが問題だ。

如果真要買新冰箱的話，要放在哪裡才是個問題。

┃実戦問題┃

無人島に＿★＿ ＿＿＿ ＿＿＿ ＿＿＿、何を持って行きますか。

1 としたら　　　　**2** 1つ　　　　　　**3** 何か　　　　　　**4** 持って行く

32 ～は別として／は別にして

┃意味┃ ① 另當別論…

② 姑且不論…

┃接続┃
名詞
ナ形普通形＋かどうか
イ形普通形＋かどうか ⎫ ＋は別として／は別にして
動詞普通形＋かどうか
疑問詞＋か

┃説明┃

① 前接名詞，表示前項的人事物屬於例外。

② 前接名詞或疑問句，表示暫時不談論前項，而先討論其他的人事物。

┃例文┃

①

◆ 旅行好きな高木さんは別として、私の友達の中でほかに南極に行ったことのある人はいません。

除了喜歡旅行的高木先生之外，我的朋友當中沒有其他人去過南極。

◆ 国語と地理は別にして、ほかの教科はいい点数が取れた。

國文和地理另當別論，其他科目都取得了好成績。

②

◆ 中高年は別として、若年層の中にも不眠症に悩むものが多いというのは問題です。

暫且不論中老年人，問題是年輕族群當中也有很多人深受失眠之苦。

◆ 行くかどうかは別にして、彼女を誘ってみたらどう？

姑且不論去不去，總之先邀請她看看呢？

┃実戦問題┃

兄は＿＿＿　★　＿＿＿　＿＿＿本当に素晴らしい。

1 音楽の　　　　　　2 別にして　　　　　3 才能は　　　　　4 性格は

33 ～はもちろん

┃意味┃ 當然…；不用說…

┃接続┃ 名詞＋はもちろん

┃説明┃

表示理所當然的事例列舉。強調前項就不用提了，還有其他例子也是如此。後文常搭配助詞「も」一起使用。主要作肯定用法。此外，名詞和「はもちろん」之間，有時也會包含「で」、「に」或「から」等助詞。

┃例文┃

◆ この洋食屋は、オムライスはもちろん、ハンバーグもおいしいです。

　　這間西餐廳不用說蛋包飯，就連漢堡排也很好吃。

◆ お菓子はもちろん、おもちゃもたくさん用意している。

　　別說零食，連玩具也準備了很多。

◆ 『名探偵コナン』というアニメは、アジアではもちろん、北米でも放送されている。

　　《名偵探柯南》這部動畫，不用說在亞洲，在北美洲也有播出。

┃実戦問題┃

黄さんは日本人と結婚していて、ニューヨークに 30 年住んでいるので、英語

__★__ ＿＿ ＿＿ ＿＿話せる。

1 は　　　　　　　 **2** も　　　　　　　 **3** もちろん　　　　 **4** 日本語

● 模擬試驗 ●

次の文の（　　）に入れるのに最もよいものを、1・2・3・4から一つ選びなさい。

1 話し合い（　　）問題を解決するべきだ。
　　1 として　　　　　**2** に通して　　　**3** を通して　　　**4** による

2 同じ食材でも、調理法（　　）おいしさが全然違う。
　　1 と違って　　　　**2** のために　　　**3** によって　　　**4** として

3 次の試合に勝った（　　）、全国大会に行ける。
　　1 から　　　　　　　　　　　**2** ことによって
　　3 とすれば　　　　　　　　　**4** はもちろん

4 海外旅行に行くこと（　　）違う文化を体験することができる。
　　1 は別として　　　**2** としては　　　**3** による　　　　**4** によって

5 アニメ（　　）日本文化に興味を持つようになった。
　　1 を初めて　　　　　　　　　**2** をきっかけにして
　　3 に通じて　　　　　　　　　**4** によって

6 あなたの意見（　　）、私は遊園地に行きたいと思っている。
　　1 としては　　　　**2** は別として　　**3** を通して　　　**4** により

7 先生は日本語（　　）、フランス語も上手に話せます。
　　1 はもちろん　　**2** に弱く　　　　**3** により　　　　**4** だけで

⑧ ボランティア活動（　　）地域の方々と交流することができた。
1 を通じて　　　　2 に強く　　　　3 としては　　　　4 としたら

⑨ 大雪（　　）、電車とバスが止まってしまった。
1 はもちろん　　　2 により　　　　3 を通して　　　　4 のおかげで

⑩ 私のスマホは衝撃（　　）、何度落としても壊れない。
1 によって　　　　2 に弱く　　　　3 を通して　　　　4 に強く

⑪ 男女平等の法律が充実しているか（　　）、男性の意識改善が必要だ。
1 は別として　　　2 により　　　　3 を通じて　　　　4 としても

⑫ 彼は僕を友達（　　）優しく接してくれた。
1 にして　　　　　2 からして　　　　3 もして　　　　　4 として

⑬ きみはリーダー（　　）みんなをまとめなければならない。
1 にして　　　　　2 により　　　　3 として　　　　　4 に強く

⑭ 木造建築は火に（　　）、火の扱いに注意が必要です。
1 に負けて　　　　2 に弱く　　　　3 に比べて　　　　4 に強く

⑮ ひとつだけ願いが叶う（　　）、あなたは何を願いますか。
1 としても　　　　2 としては　　　　3 としたら　　　　4 としたり

第 4 週

Checklist

34 ～たものだ

┃意味┃ 回憶過去

┃接続┃ 動詞た形＋ものだ

┃説明┃

置於句尾，表示懷念過去的心情，當前接過去的習慣或熟悉事物時，帶有強烈的回憶情緒，常與程度副詞「よく（經常）」一起搭配使用。在日常的口語對話當中，也可以說成「～もんだ」。

┃例文┃

◆ 子供の頃は、兄のおやつを食べてよく怒られたものです。

　我小時候經常偷吃哥哥的點心而挨罵。

◆ 大学時代は夏は海、冬はスキーとよく遊びに行ったものだ。

　我大學的時候，夏天就到海邊，冬天就去滑雪，經常外出遊玩呢！

◆ 私は中学生の時、毎日友達と野球をしていたものだ。

　我國中的時候，每天都和朋友打棒球。

🎯 **重要**

文法「～ものだ」有多種意思，不同意思所接續的動詞也有所不同。表示「回憶過去」時，前面接續的動詞必定為た形。

┃実戦問題┃

新入社員の頃は、よく同僚とカラオケをしたり、＿＿＿ ＿＿＿ ★ ＿＿＿。

1 した　　　　　**2** したり　　　　**3** ものだ　　　　**4** 食事を

35 ～わけだ

┃意味┃ 所以…；當然…

┃接続┃ 名詞の／な／である
ナ形な／である
イ形普通形
動詞普通形
＋わけだ

┃説明┃

置於句尾，表示有所根據的推論。前接統整前文訊息後，順理成章得出的結論或原因推論，因此經常搭配「から」、「ので」一起使用。

┃例文┃

◆ 台湾は海に囲まれていますから、漁業が盛んなわけです。

　臺灣因四面環海，所以漁業盛行。

◆ 消費税が 8 ％ から 10 ％ になるので、これまで 108 円だった商品が110 円になるわけだ。

　因為消費稅從 8% 變成 10%，所以過去 108 日圓的商品會變成 110 日圓。

◆ 利用者数が増えてきたので、ソウル便が増便されたわけだ。

　由於乘客越來越多，所以飛往首爾的航班增班。

 重要

「～わけだ」還有另一個表示前後事項相同，將前項換成後項的說法，中文意思為「換句話說…、也就是說…」。此用法經常搭配「つまり」一起使用。

◆ 私は 6 年前パリに来た。つまり 6 年間パリに住んでいるわけだ。

　我是 6 年前來巴黎，也就是說已經在巴黎住了 6 年。

実戦問題

みかんは全部で９つあるから、４人に２つずつ＿＿＿　＿＿＿　★　＿＿＿。

1 1つ 　　　　 **2** 残る 　　　　 **3** あげれば 　　　　 **4** わけだ

50

36 〜わけではない

| 意味 | 並不是…；不一定…

| 接続 | 名詞の／である／だった
ナ形な／である／だった
イ形普通形
動詞普通形
⎫
⎬ ＋わけではない
⎭

| 説明 |

表示某項想當然爾的推論並不成立，用於澄清一般常有的誤解，為「〜わけだ」的否定用法。若前面接否定表現「〜ないわけではない」，則表示「並不是不…」的意思。

| 例文 |

◆ 薬を飲んでも必ずしもこの病気が治るわけではありません。

即使吃藥也未必可以治癒這種疾病。

◆ ゲームは嫌いなわけではありませんが、やる時間がないんです。

我並不是討厭電動，而是根本沒有時間玩。

◆ 大会社なので、社員全員が会社の方針に賛成しているわけではない。

由於是大公司，所以並非所有員工都贊成公司的方針。

◆ 夜早く寝ることができないわけではない。

我並不是不能晚上早點睡覺。

| 実戦問題 |

藤井くんは＿＿ ＿＿ ★ ＿＿が、中国語を使う機会があまりないので慣れないのだ。

1 中国語　　　　　　　　　　**2** わけではない

3 が　　　　　　　　　　　　**4** 話せない

37 ～わけがない

| 意味 | 不可能…；不會…

| 接続 | 名詞の／である
ナ形な／である
イ形普通形
動詞普通形
}+わけがない

| 説明 |

表示某件事情發生的可能性幾乎為零，為說話者出於個人的合理推斷所做出的主觀認定。用法和文法「～はずがない」類似。若前接否定表現「～ないわけがない」，則表示「不可能不…、絕對會…」，為肯定的意思。

| 例文 |

◆ 松本さんは入院中なので、今日の会議に出られるわけがないです。

　松本先生正在住院，所以不可能出席今天的會議。

◆ この料理は塩を入れすぎてしまったから、おいしいわけがない。

　這道菜加太多鹽巴了，所以不可能會好吃。

◆ この映画は有名な監督の最新作だから、面白くないわけがない。

　這部電影是知名導演的最新作品，絕對會很有趣。

◆ A：日曜日、暇？

　你星期日有空嗎？

　B：暇なわけがないよ。仕事で忙しいんだから。

　怎麼可能有空。工作那麼忙。

| 実戦問題 |

この種類の宝石は珍しいので、＿＿＿ ＿＿＿ ★ ＿＿＿よ。

1 わけがない　　　**2** 安い　　　　　　**3** 値段　　　　　　**4** が

38 ～わけにはいかない

┃意味┃ 不能…

┃接続┃ 動詞辞書形／ない形＋わけにはいかない

┃説明┃

前接動作，表示基於社會常理的約束力無法付諸實行。若前接否定表現「～ないわけにはいかない」，則表示「不得不…」的意思。

┃例文┃

◆ これは祖母がプレゼントしてくれた万年筆ですから、誰にも貸すわけにはいきません。

　　這是奶奶送給我的鋼筆，所以不能借給任何人。

◆ 熱もあるし体もだるいが、今日は期末テストなので、休むわけにはいかない。

　　雖然發燒又全身無力，但由於今天要期末考，不能請假在家休息。

◆ 子供が悪いことをしたら、親は謝らないわけにはいかない。

　　要是小孩闖了禍，父母親就不得不道歉。

◆ 社長の命令なら、実行しないわけにはいかない。

　　如果是總經理的命令，就不得不執行。

┃実戦問題┃

明日は大事な入社式だから、＿＿＿　★＿＿＿　＿＿＿　＿＿＿。

1 欠席する　　　　**2** には　　　　　**3** わけ　　　　　**4** いかない

39 ～べきだ／べきではない

┃意味┃ 應該…；不應該…

┃接続┃ 名詞である
ナ形である
イ形くある ＞＋べきだ／べきではない
動詞辞書形

┃説明┃

前接不具法律強制力的義務，表示說話者根據道德、常識，對他人提出個人見解或規勸，因此不能用於描述說話者自己的行為。「～べきだ」的否定形為「～べきではない」。

┃例文┃

◆ 人は誠実であるべきです。
ひと せいじつ

做人應該要誠實。

◆ 受験生は勉強に集中すべきだ。
じゅけんせい べんきょう しゅうちゅう

考生應該要專心讀書。

◆ 相手が困っているのに強引に誘うべきではない。
あいて こま ごういん さそ

對方為難時就不應該強迫邀約。

 重要

接續動詞「する」時，可寫成「すべき」或「するべき」。

┃実戦問題┃

病気を防ぐために、定期的に＿＿＿ ＿＿＿ ★ ＿＿＿。

1 べきだ　　　　2 健康診断　　　3 を　　　　　4 受ける

40 ～はずがない

┃意味┃ 不可能…；不會…

┃接続┃ 名詞の／である
ナ形な／である
イ形普通形
動詞普通形
┣＋はずがない

┃説明┃

為「～はずだ」的否定形式，表示說話者的主觀判斷，基於過去經驗或常識而判定該情況不可能，語氣比「～ないはずだ」來得強烈。否定表現「～ないはずがない」則表示強烈的肯定推測，意思為「不可能不…」。

┃例文┃

◆ そんなことを彼に知らせるはずがありません。

　我不可能會告訴他那件事。

◆ 姉は卒業論文に取り組んでいるから、暇なはずがない。

　姊姊正在埋頭寫畢業論文，所以不可能有空。

◆ 山本さんは海外出張に行ったから、ここに来るはずがない。

　山本小姐到國外出差，所以不可能會過來。

◆ バスケ好きの従兄は決勝戦を観ないはずがない。

　喜歡籃球的表哥不可能不觀賞決賽。

┃実戦問題┃

こんなに高級なメロン、　★＿＿＿　＿＿＿　＿＿＿。

1 1000円で　　　**2** ない　　　　　**3** 買える　　　　**4** はずが

41 〜ことはない

┃意味┃ 不必…；用不著…

┃接続┃ 動詞辞書形＋ことはない

┃説明┃

表示大可不必或沒有必要，前接說話者認為不需做的行為，常用於勸告或安慰他人的時候。有時會與「そんなに（那麼）」或「わざわざ（特意、專程）」等詞語一起使用。

┃例文┃

◆ A：この子ちょっと落ち着きがないような気がするんですが…。

我總覺得這孩子好像有點心浮氣躁……。

B：このくらいの子供ならみんな同じような状況です。心配することはありませんよ。

這個年紀的孩子都是類似的狀況，不必擔心啦！

◆ 事故で両手を失っても、画家になる夢を諦めることはありません。

即使因事故失去雙手，也用不著放棄成為畫家的夢想。

◆ 悪いのはお互いさまなのだから、杉田くんだけが謝ることはないよ。

因為彼此雙方都有錯，用不著只有杉田道歉。

◆ 他人の言葉をそんなに気にすることはない。

不必那麼在意別人說的話。

┃実戦問題┃

うさぎは鳴くことがありますから、____ ____ ★ ____よ。

1 ありません　　　　　　　　2 ことは

3 そんなに　　　　　　　　　4 驚く

42 〜おそれがある

▌意味▌ 可能…；有…的危險

▌接続▌ 名詞の ⎫
　　　　動詞辞書形 ⎭ ＋おそれがある

▌説明▌

漢字可寫成「〜恐れがある」。表示擔心會有某種不好的事情發生，因此只用於描述負面事項。屬於較生硬的說法，常見於新聞報導和氣象預報。

▌例文▌

◆ 喫煙は記憶力低下を引き起こすおそれがあります。

　　抽菸可能會引發記憶力衰退。

◆ この目薬は副作用のおそれがありますので、説明書を必ず読んでください。

　　由於此種眼藥水可能產生副作用，請務必閱讀說明書。

◆ 阿蘇山は噴火のおそれがあるので、付近の住民はすべて避難させられた。

　　阿蘇山有爆發的危險，因此附近的居民全部被迫疏散避難。

重要

否定形為「〜おそれはない」，意思為「沒有…的危險」。

◆ 豚熱は人への感染の恐れはありません。

　　豬瘟沒有豬傳人的危險。

▌実戦問題▌

電車に＿＿＿ ★ ＿＿＿ ＿＿＿、線路に入ってはいけない。

1 ひかれる　　　2 ある　　　　3 おそれが　　　4 ので

43 ～みたいだ①

┃意味┃ 好像…；似乎…（推測）

┃接続┃
名詞
ナ形
イ形普通形
動詞普通形
＋みたいだ

┃説明┃

「～みたいだ」是「～ようだ」的口語說法。表推測時，為說話者根據自己主觀的感受或觀察所做的判斷，所以經常與「どうも（總覺得）」、「どうやら（好像）」等可以表達說話者判斷態度的語詞一起使用。

┃例文┃

◆ 犯人はどうやらあの人みたいです。

　犯人感覺上好像是那個人。

◆ 花火がもうすぐ始まるみたいです。

　煙火好像快要開始了。

◆ 地震の揺れが治まったみたいだ。

　地震搖晃好像停止了。

重要

「～みたいだ」前接名詞或ナ形容詞時，要去除現在肯定形常體的「だ」。

「～ようだ」前接名詞時，名詞的現在肯定形常體的「だ」則要改成「の」。

◆ 風邪みたいです。／風邪のようです。

　好像感冒了。

実戦問題

食欲がないし、体が熱いし、どうも＿＿ ＿＿ ★ ＿＿。

1 ある **2** 熱 **3** みたいだ **4** が

44 ～みたいだ②

┃意味┃ 好像…；就像…（比喻）

┃接続┃ 名詞
ナ形
イ形普通形
動詞普通形
｝＋みたいだ／みたいな／みたいに

┃説明┃

透過比喻的方式，表示事物的性質或狀態相似，前面經常搭配「まるで（宛如）」一起使用。「～みたいだ」置於句尾，「～みたいな」後接名詞，「～みたいに」則後接動詞或形容詞。

┃例文┃

◆ 今日は暑くてまるで夏みたいだ。

今天簡直熱得像夏天一樣。

◆ 小野さんはお化けを見たみたいな顔をしている。

小野先生臉上一副看到鬼似的神情。

◆ あの赤ちゃんのほおはリンゴみたいに赤い。

那個小嬰兒的臉頰就像蘋果般紅潤。

重要

> 「～みたいだ／みたいな／みたいに」可替換成「～ようだ／ような／ように」，但須留意後者接續名詞時為「名詞の＋ようだ／ような／ように」。

┃実戦問題┃

あの二人はお揃いの服を着て、＿★＿ ＿＿＿ ＿＿＿ ＿＿＿。

1 双子 　　　　**2** だ 　　　　**3** みたい 　　　　**4** まるで

● 模擬試験 ●

次の文の（　　）に入れるのに最もよいものを、1・2・3・4から一つ選びなさい。

① 弟は欲しかったゲーム機をもらって不機嫌（　　）。
　　1 のはずがない　　　　　　　　　**2** なはずがない
　　3 のことがない　　　　　　　　　**4** なことがない

② 一生懸命練習しても、必ずしも上達する（　　）。
　　1 べきではない　　　　　　　　　**2** わけではない
　　3 はずがない　　　　　　　　　　**4** ものはない

③ この果物は見た目が艶やかで、まるで宝石（　　）。
　　1 のみたい　　　　**2** にみたいだ　　　**3** みたいだ　　　　**4** みたいに

④ この大雨で土砂崩れが起こる（　　）。
　　1 べきだ　　　　　**2** わけだ　　　　　**3** おそれがある　　**4** わけがある

⑤ あの頃はよくみんなでカラオケに（　　）。
　　1 行くものだ　　　　　　　　　　**2** 行ったものだ
　　3 行くものだった　　　　　　　　**4** 行ったものだった

⑥ 何も悪いことをしなければ逮捕される（　　）。
　　1 ことはない　　　　　　　　　　**2** べきではない
　　3 わけではない　　　　　　　　　**4** ものではない

⑦ これは私個人の問題だ。あなたに分かる（　　）。
　　1 はずがない　　　　　　　　　　**2** わけにはいかない
　　3 ものだ　　　　　　　　　　　　**4** べきではない

⑧ 朝ごはん食べてないの。それは体調が悪い（　　）。
1 ものだ　　　　　**2** べきだ　　　　　**3** 恐れだ　　　　　**4** わけだ

⑨ 決勝に行くにはこの試合で負ける（　　）んだ。
1 はずがない　　　　　　　　　**2** わけにはいかない
3 ことはない　　　　　　　　　**4** べきではない

⑩ 明日はテストだから、ここで寝てしまう（　　）んだ。
1 みたいだ　　　　　　　　　　**2** 恐れがある
3 ことはない　　　　　　　　　**4** わけにはいかない

⑪ あなたにこの量の寿司を食べきれる（　　）。
1 わけがない　　　　**2** ことがない　　　　**3** べきがない　　　　**4** ものがない

⑫ 1人の生徒として、遅刻はする（　　）。
1 ことはない　　　　　　　　　**2** 恐れがない
3 べきではない　　　　　　　　**4** ものはない

⑬ 天気予報によると、このあとは雨が降る（　　）。
1 わけだ　　　　　**2** みたいだ　　　　　**3** ものだ　　　　　**4** べきだ

⑭ 明日が提出期限だから、あなたは今すぐ宿題を（　　）。
1 やるべきだ　　　　　　　　　**2** やりべきだ
3 やるべきはない　　　　　　　**4** やりべきはない

⑮ さっきご飯を食べたから、腹が減っている（　　）。
1 ことはない　　　　　　　　　**2** ものはない
3 わけにはいかない　　　　　　**4** わけがない

第5週

Checklist

45 ～間／間に

▌意味▌ 在…期間

▌接続▌ 名詞の
　　　　ナ形な
　　　　イ形い　　　　　　　　　　＋間／間に
　　　　動詞辞書形／ている形／ない形

▌説明▌

① 「～間」表示某狀態或動作所持續的時間範圍。後文多為持續性動作，採「～ている／ていた」的形式，經常和副詞「ずっと（一直）」一起搭配使用。

② 「～間に」表示在某狀態或動作持續期間內的某個時間點，發生了某件事情，後文多為瞬間性的動作。

▌例文▌

①
◆ 夏休みの間、中村くんはずっとアルバイトをしていました。

　暑假期間，中村同學一直在打工。

◆ 彼女がしゃべっている間、彼はずっと黙っていた。

　在她講話的期間，他一直沉默不語。

②
◆ 飼い主が留守の間に、猫は部屋を散らかしてしまいました。

　飼主不在家的期間，貓把房間弄得亂七八糟。

◆ 図書館で勉強している間に、傘を盗まれてしまった。

　我在圖書館念書的那段期間，雨傘被偷了。

▌実戦問題▌

雨＿＿＿ ＿＿＿ ★ ＿＿＿、喫茶店で雨がやむのを待っていた。

1 が　　　　　　**2** いる　　　　　　**3** 間　　　　　　**4** 降って

46 〜うちに

| 意味 | ① 趁著…時

② …著…著

| 接続 | ① 名詞の

ナ形な

イ形い ｝＋うちに

動詞辞書形／ない形

② 動詞ている形＋うちに

| 説明 |

① 表示在某一段時間，或某狀態持續的期間內進行某件事。前接否定表現的「〜ないうちに」時，則表示趁著前項動作或現象尚未發生前，趕快做後項的事情。

② 前接動作進行中的「〜ている」時，表示在做某件事的期間，發生了另一件事情或變化。前後主語為同一人時，可譯為「…著…著」。

| 例文 |

①

◆ 台湾にいるうちに、ぜひタピオカミルクティーを飲んでみたいです。

趁著在臺灣的期間，我一定要喝喝看珍珠奶茶。

◆ 桜が散らないうちに、お花見に行こうと思っている。

趁櫻花尚未凋落之際，我想要去賞櫻。

②

◆ 家族からの手紙を読んでいるうちに、涙が出てきました。

讀了家人寄來的信，讀著讀著就流下眼淚。

◆ 電車の中でケータイをいじっているうちに、眠ってしまった。

在電車裡滑手機，滑著滑著就睡著了。

┃実戦問題┃

先生が本気で___★___ ___ ___ ___ほうがいいよ。

1 うちに   **2** 怒らない   **3** 謝った   **4** 早く

47 〜最中（に）

┃意味┃ 正當…時

┃接続┃ 名詞の
動詞ている形 }＋最中（に）

┃説明┃

表示某件事情正在進行中。如果要表示正在進行某動作時，發生了其他事情，則使用「〜最中に、〜」之形式，後文通常是意外狀況。

┃例文┃

◆ 携帯電話で話すのはやめてください。今は講義の最中ですよ。

　請不要講手機，現在正在上課。

◆ その問題については今検討している最中ですから、もう少々お待ちください。

　關於那個問題目前正在研議當中，請再稍候。

◆ 夜中、受験勉強をしている最中に、突然地震が起こった。

　半夜正在為升學考試念書時，突然發生地震。

 重要

須留意「〜最中（に）」前面不能接續瞬間動詞或狀態動詞。

┃実戦問題┃

デート____ ★ ____ ____仕事の連絡が来た。

1 上司 　　　　　**2** の 　　　　　**3** から 　　　　　**4** 最中に

48 ～たところ

┃意味┃ 一⋯之下；⋯的結果

┃接続┃ 動詞た形＋ところ

┃説明┃

表示在做了某件事後，結果發生出乎意料的狀況，或是有了新發現。後半句可以是順接，也可以是逆接，與前半句沒有直接的因果關係。此外，由於後半句是描述偶然發生的結果，所以不能使用意志表現。

┃例文┃

◆ 市立美術館を訪れたところ、あいにく休館日でした。

　參訪市立美術館時，不湊巧遇到休館日。

◆ スピーチを鈴木さんにお願いしたところ、快く引き受けてくれました。

　懇請鈴木先生進行一場演講，結果他很爽快地答應了。

◆ ホテルに問い合わせてみたところ、ちょうど1部屋空きがあって予約することができた。

　試著洽詢旅館，一問之下，剛好還有1間空房可以預訂。

 重要

描述與期待相反的事情時，也可以使用「～たところが」之形式。

┃実戦問題┃

近くの＿＿ ＿＿ ★ ＿＿、マスクは全部売り切れだった。

1 ところ　　　　　　　　　　　　　**2** に

3 問い合わせた　　　　　　　　　　**4** ドラッグストア

49 〜ところに／ところへ／ところを

┃意味┃ …的時候

┃接続┃ 動詞ている形／た形＋ところに／ところへ

動詞普通形／ている形／た形＋ところを

┃説明┃

表示在進行某動作或處於某狀態時，發生了另一件事情，而且該事情通常阻礙到原本正在進行的動作或狀態。「〜ところに」可與「〜ところへ」互相替換，後項經常接續「来る」、「〜てくる」、「行く」、「帰る」等具有方向性的動詞。「〜ところを」則表示在進行某動作時，意外被發現或受到阻饒，後項經常接續「見る（看）」、「見つける（找到）」、「発見する（發現）」，或「逮捕する（逮捕）」、「捕まえる（抓住）」、「呼び止める（叫住）」等動詞。

┃例文┃

◆ せっかく姉と楽しく話しているところに、母から電話がかかってきた。

難得和姊姊聊得正高興的時候，母親打了電話來。

◆ クッキーが出来上がったところへ、ちょうど孫が学校から帰ってきた。

餅乾做好的時候，孫子剛好從學校回來。

◆ あの男の人は公園でお酒を飲んでいるところを、警察に呼び止められた。

那名男子在公園喝酒的時候，被警察叫住。

┃実戦問題┃

大きな声で歌を____ ____ ★ ____。

1 近所の人に　　　**2** ところを　　　**3** 歌っている　　　**4** 注意された

50 〜たばかりだ

┃意味┃ 剛…

┃接続┃ 動詞た形＋ばかりだ

┃説明┃

表示某個動作或行為剛發生，用於不久前或過去某一個時期剛完成的事情。由說話者主觀判定，只要說話者認為該事項剛發生不久，即可使用本句型。

┃例文┃

◆ この 間、古川さんと会ったばかりです。

　　我前陣子才剛和古川先生見過面。

◆ 私は先週、会社に入ったばかりなので、まだ何もわかりません。

　　我上星期才剛來上班，所以什麼都還不懂。

◆ 試合は始まったばかりだから、これからどうなるかわからない。

　　因為比賽才剛開始，所以不知道接下來會如何。

 重要

修飾後方名詞時，可使用「〜たばかりの＋名詞」之形式。

◆ さっき聞いたばかりの名前を、もう忘れてしまった。

　　剛剛聽到的名字，我現在就已經忘記了。

┃実戦問題┃

　　課長は＿＿＿　★　＿＿＿　＿＿＿、今日から仕事を再開した。

　　1 昨夜　　　　　　**2** なのに　　　　　**3** ばかり　　　　　**4** 退院した

51 ～たとたん（に）

意味 …的瞬間

接続 動詞た形＋とたん（に）

説明

「とたん」的中文意思為「瞬間」，有時會寫成漢字「途端」。前接動詞た形，表示「說時遲那時快」，後頭緊接著發生突如其來的事。

例文

◆ 箱を開けたとたんに、中から白い煙がモクモク出て、浦島太郎はおじいさんになってしまいました。

　打開箱子的瞬間，白煙不斷從中冒出，浦島太郎就變成老爺爺了。

◆ 「ずっと好きだったんだ」と告白したとたん、結衣ちゃんは僕に抱きついた。

　當我一向結衣表白：「其實我一直都喜歡妳」的那瞬間，她就突然抱住我。

◆ おにぎりを食べたとたんに吐き気がした。

　吃下日式飯糰的那一瞬間覺得噁心想吐。

 重要

由於後半句為出乎意料的事情，因此不能接續命令句，或表示說話者意志、希望的句子。

実戦問題

佐藤監督は＿＿＿ ＿＿＿ ＿＿＿ ★ 、大勢の記者に囲まれた。

1 とたん　　　　**2** 会場　　　　**3** 出た　　　　**4** を

52 〜ことにしている

┃意味┃ （因自己的某種決定而形成的）習慣…；都會…

┃接続┃ 動詞辞書形／ない形＋ことにしている

┃説明┃

表示現在仍持之以恆地執行著之前所下的決心，成為個人習慣。為表示自我決心的「〜ことにする」的衍生用法。

┃例文┃

◆ 毎日、学校にお弁当を持っていくことにしています。

　　我每天都會帶便當去學校。

◆ バスに乗っている時はイヤホンで日本語の歌を聞くことにしている。

　　我搭公車的時候都會用耳機聽日文歌。

◆ 3日ごとに部屋を掃除することにしている。

　　我習慣每3天打掃房間1次。

 重要

由於「〜ことにしている」為基於某種決定而形成的個人習慣，因此不能用來描述社會或文化上的習慣。

（×）台湾人は水着で温泉に入ることにしている。

（○）台湾人は水着で温泉に入る。

　　臺灣人習慣穿泳衣泡溫泉。

┃実戦問題┃

いつもコーヒーを飲みながら、___★___ ___ ___ ___。

1 います　　　　**2** 読む　　　　**3** ことにして　　　　**4** 小説を

53 〜ことになっている

▌意味▌ 規定…；預定…

▌接続▌ 動詞辞書形／ない形＋ことになっている

▌説明▌

表示學校或職場上的規定，或是社會上的規範、法律、風俗習慣，亦可表示非自己決定的預定計畫。為表示外在因素而產生的決定「〜ことになる」的衍生用法。

▌例文▌

◆ この学校では 2 か月に 1 度試験をすることになっています。

　這所學校規定每 2 個月舉行 1 次考試。

◆ 来月、アメリカに出発することになっています。

　我預定下個月出發去美國。

◆ 日本では、家の中では靴をはかないことになっている。

　在日本，家裡是不穿鞋子。

🎯 **重要**

本文法亦可寫成「〜こととなっている」，不過語氣上「〜こととなっている」較「〜ことになっている」略為生硬。

▌実戦問題▌

このマンションでは、犬や猫などのペットを＿＿ ＿＿ ★ ＿＿。

1 いけない 　　　　　　　　　**2** こと

3 になっている 　　　　　　　**4** 飼っては

54 ～（よ）うとする／（よ）うとしない

┃**意味**┃　想要…；不願…

┃**接続**┃　動詞意向形＋とする／としない

┃**説明**┃

「～（よ）うとする」前接意志動詞時，表示努力嘗試做某個動作，主語可以是任何人。否定表現則為「～（よ）うしない」，意思是「沒有做…的意願」，常用於表示堅持不願做某事。

┃**例文**┃

◆ 起きようとしましたが、動けません。

　　我想要起身，卻動不了。

◆ 彼は知っているのに、真相を話そうとしません。

　　他明明知道，卻不願說出真相。

◆ 妹 は英語で日記を書こうとしている。

　　妹妹正努力嘗試以英文寫日記。

◆ 彼女は真剣に人の 話 を聞こうとしないんだ。

　　她就是不願認真聽別人的話。

🎯 **重要**

「～（よ）うとする」前接非意志動詞時，則表示某個動作即將發生或結束。

◆ 日が暮れようとしています。　　天就要黑了。

┃**実戦問題**┃

庭の犬は＿＿＿　＿★＿　＿＿＿　＿＿＿ので、脱走には注意が必要です。

1 いる　　　　　　**2** 外に　　　　　　　**3** 出よう　　　　　　**4** として

74

55 ～ず（に） 書面語

┃意味┃ 沒做…；不做…

┃接続┃ 動詞ない＋ず（に）

┃説明┃

表示沒有做前項動作就進行後項行為，以否定的方式來修飾後面的主要動詞，是「～ないで」的書面語。接續方式為動詞ない形刪去「ない」後加上「～ず（に）」，須留意動詞「する」會變成「せず（に）」。

┃例文┃

◆ あの人は傘をささずに歩いている。

　那個人沒有撐傘走路。

◆ このエビは殻を剥かずに食べることができます。

　這種蝦子可以不用剝殼吃。

◆ せっかく買い物に来たが、父は何も買わずにスーパーを出た。

　難得來買東西，父親卻什麼都沒買就離開超市。

重要

買う ↓	行く ↓	食べる ↓	来る ↓	する ↓
買わないで 買わずに	行かないで 行かずに	食べないで 食べずに	来ないで 来ずに	しないで せずに

┃実戦問題┃

疲れすぎたので、＿＿＿　★　＿＿＿　＿＿＿。

1 しまった　　　　**2** 寝て　　　　　　**3** お風呂に　　　　**4** 入らずに

━━━━━━━━━━●　模擬試験　●━━━━━━━━━

次の文の（　　）に入れるのに最もよいものを、1・2・3・4から一つ選びなさい。

① 先生が（　　）最中に、スマホをいじってはいけない。
　1 話す　　　　　　　　　　　　2 話した
　3 話さない　　　　　　　　　　4 話している

② 焼肉をたくさん（　　）のに、腹が減った。
　1 食べたばかりな　　　　　　　2 食べたばかり
　3 食べるばかりの　　　　　　　4 食べるばかりだった

③ ご飯が冷めない（　　）、食べてください。
　1 くらい.　　　2 間に　　　　3 ところ　　　4 うちに

④ テレビを（　　）ところに、配達が来た。
　1 見る　　　　2 見た　　　　3 見ている　　4 見ようとする

⑤ 昼休みの（　　）、みんなはグランドで遊んでいる。
　1 うち　　　　2 間　　　　　3 とたん　　　4 ところ

⑥ 外に出た（　　）、雨が降ってきた。
　1 間　　　　　2 とたん　　　3 ばかり　　　4 くらい

⑦ 焼き上がった（　　）パンを買った。
　1 ばかりの　　2 ばかりに　　3 とたんの　　4 とたんに

⑧ 若者の睡眠時間を調査した（　　）、意外な結果になった。
　1 間　　　　　2 うち　　　　3 ところ　　　4 ほど

⑨ 背を伸ばすために、毎日牛乳を飲む（　　）。
  1 ようとする　　　　　　　　　　　**2** ようとしない
  3 ことになっている　　　　　　　　**4** ことにしている

⑩ 子供が学校に行っている（　　）、家事を終わらせておく。
  1 間　　　　　　　　**2** 間に　　　　　　　**3** ところ　　　　　　**4** ところに

⑪ 野球の部活では男が坊主頭になる（　　）。
  1 ことになっている　　　　　　　　**2** ことにしている
  3 くらいだ　　　　　　　　　　　　**4** ほどだ

⑫ このアンケートでは名前を（　　）、答えてください。
  1 書かずに　　　　　　　　　　　　**2** 書かなく
  3 書こうとして　　　　　　　　　　**4** 書くな

⑬ 戦争の話を（　　）、だんだん悲しい気持ちになってきた。
  1 聞くうち　　　　　　　　　　　　**2** 聞いたうち
  3 聞かないうちに　　　　　　　　　**4** 聞いているうちに

⑭ 彼は自分のことしか考えていなくて、困っている人を（　　）。
  1 助けようとする　　　　　　　　　**2** 助けるとする
  3 助けようとしない　　　　　　　　**4** 助けるとしない

⑮ 立小便をしている（　　）他人に見られた。
  1 うちに　　　　　　　**2** 間　　　　　　　**3** ところを　　　　　　**4** ばかり

第 6 週

Checklist

56 〜ほど

┃意味┃ 像…那樣；簡直…；…得…

┃接続┃
名詞
ナ形な
イ形普通形
動詞普通形
}＋ほど

┃説明┃

透過比喻的方式，表示某個狀態或動作的程度，特別是當舉例事項過於極端時。

┃例文┃

◆ 死ぬほど辛いことがあっても、きっと時間が解決してくれます。

　即使遇到死亡般絕望痛苦的事，時間肯定可以解決一切。

◆ 姪は寝ることを忘れるほどスマホゲームに夢中になった。

　我姪女熱衷於手機遊戲到幾乎忘記睡覺的程度。

◆ 現金 20 万円が入った財布を落として、泣きたいほど困っている。

　掉了裝有現金 20 萬日圓的錢包，讓我困擾到想哭。

 重要

修飾後方名詞時，則使用「〜ほどの＋名詞」之形式。

◆ 山ほどの借金を抱えてしまった。

　欠了一堆錢（宛如堆得像山一樣多）。

┃実戦問題┃

日本語能力試験の合格通知を＿＿＿ ＿＿＿ ＿＿＿ ★ 。

1 うれしかった　**2** 飛び上がる　　**3** 見て　　　　**4** ほど

57 ～くらい／ぐらい

┃意味┃ …得…；到…的程度

┃接続┃ 名詞
ナ形な
イ形普通形 ＋くらい／ぐらい
動詞普通形

┃説明┃

透過某種情況比喻說明，表示某種程度的強弱。用法與「～ほど」相同，兩者都表示程度上足以用某項具體事例來形容。修飾後方名詞時使用「～くらい／ぐらい＋の＋名詞」之形式。

┃例文┃

◆ 私の部屋はこの教室くらいの広さです。

　我的房間和這間教室差不多大。

◆ 今朝は体が凍るかと思うくらい寒かった。

　今天早上真的冷到身體快凍僵了。

◆ リビングルームは暗くて、誰がいるのか分からないくらいだった。

　客廳昏暗到幾乎無法分辨有誰在。

重要

「～くらい／ぐらい」還有另一個用法，前接一個最簡單或最少量的實例，用來表示最低限度，此一用法含有輕視的語氣，因此不能與「ほど」互換。

◆ 駅まで迎えに行くくらいのことは、なんでもない。

　去火車站接個人，只是件小事。

┃実戦問題┃

プリンが大好きで、＿＿＿　★＿＿　＿＿＿　＿＿＿。

1 くらい　　　　　　2 食べたい　　　　3 毎日　　　　　　4 です

合格

58 ～ほど～はない／くらい～はない

┃意味┃ 沒有比…更…

┃接続┃ 名詞＋ほど／くらい＋名詞＋はない

┃説明┃

採用比喻的形式或舉出典型的例子，來說明達到了很高的程度，屬於說話者主觀的表現，因此不能用於描述客觀的事實。

┃例文┃

◆ 監督はインタビューで「彼ほど努力した選手はいない」と言いました。

　　教練在訪談說到：「沒有比他更努力的選手」。

◆ 桜井さんくらいイルカが好きな人はいないと思います。

　　我想應該沒有比櫻井先生更喜歡海豚的人了。

◆ 私はギターを弾くことくらい楽しいことはないと思う。

　　我認為沒有比彈吉他更開心的事了。

重要

若為描述客觀事實的程度比較，則須使用文法「～が一番～だ」。

（×）日本で琵琶湖ほど大きな湖はない。

（○）日本で琵琶湖が一番大きな湖だ。

　　　在日本，琵琶湖是最大的湖泊。

┃実戦問題┃

歌いながら＿＿＿ ＿＿＿ ＿★＿ ＿＿＿と思います。

1 踊ること　　　　**2** 難しいこと　　　　**3** はない　　　　**4** くらい

59 ～くらいなら／ぐらいなら

┃意味┃ 若是…還不如…；與其…寧願…

┃接続┃ 動詞辞書形＋くらいなら／ぐらいなら

┃説明┃

表示與其做前項的事情，還不如做後項的事情好一些。帶有輕視、不屑一顧的語氣，
屬於說話者主觀的表現。

┃例文┃

◆ 生活水準を下げるくらいなら、結婚しないほうがいいです。

　與其降低生活品質，我寧願不結婚。

◆ 彼と一緒に映画を見に行くくらいなら、一人で行ったほうがましだ。

　若是跟他一起去看電影，我還不如自己去比較好。

◆ 毎日自分で晩ご飯を作るくらいなら、外食でいい。

　若是每天自己煮晚餐的話，還不如吃外食就好。

 重要

> 「～くらいなら／ぐらいなら」後面經常搭配「～ほうがいい」、「～ほう
> がましだ（…還好一些）」等句型一起使用。

┃実戦問題┃

体調不良の時は無理して学校に＿＿＿　★　＿＿＿　＿＿＿。

1 休んだ　　　　　**2** 行く　　　　　　**3** ほうがいい　　　　**4** くらいなら

60 ～ば～ほど

▌意味▌ 越…越…

▌接続▌
名詞であれば ＋名詞である
ナ形であれば ＋ナ形である
イ形ければ ＋イ形い
動詞ば ＋動詞辞書形
＋ほど

▌説明▌

表示等比變化，越符合前項或隨著前項動作、狀態的加深，後項就越成立。前面的「～ば」可省略。

▌例文▌

◆ ルールは簡単であれば簡単であるほどいいです。

　規則越簡單越好。

◆ 果物は甘ければ甘いほどおいしいと思います。

　我認為水果越甜越好吃。

◆ 増田さんのことを知れば知るほど好きになる。

　越知道增田小姐的事就越喜歡她。

◎ 重要

ナ形容詞還可以使用「ナ形であればある＋ほど」或「ナ形なら＋ナ形な＋ほど」這兩種連接方式。

◆ 簡単であればあるほどいい。／簡単なら簡単なほどいい。

　越簡單越好。

┃実戦問題┃

梅の花は＿★＿ ＿＿＿ ＿＿＿ ＿＿＿を咲かせると言われています。

1 寒い **2** 美しい花 **3** 寒ければ **4** ほど

61 ～まで

┃意味┃ 甚至連…都

┃接続┃ 名詞（＋助詞）＋まで

┃説明┃

舉出一例子，表示「甚至連…都…了，更遑論其他了」的意思，所舉的例子對說話者而言是意料之外。只用於肯定句，不可用於否定句。

┃例文┃

◆ 試合を見ている観客まで緊張してしまいます。

　　甚至連看比賽的觀眾都感到緊張。

◆ 信じていた親友にまで裏切られました。

　　甚至連我深信不疑的好友也背叛我了。

◆ 遅刻は自分だけでなく、周りにまで迷惑をかけてしまう。

　　遲到不僅對自己，甚至還會造成周遭人的困擾。

◎ 重要

名詞在句子裡若是表動作主或動作的直接對象時，原本名詞後面的助詞「は／が／を」要去除後再接續「まで」。但若在句子裡是表動作的間接對象，或動作的方向、手段方法時，名詞後面的助詞「に／へ／で」則要保留，直接接續「まで」。另外，與相近文法「～でも（連…都）」的差異在於，「～でも」舉的是極端的例子，而「～まで」舉的是意料之外的例子。

◆ これは子供でも簡単に作れる料理です。

　　這是連兒童都能簡單做的一道菜。

◆ あんな弱いチームにまで負けたなんて。

　　沒想到我們甚至輸給了那麼弱的隊伍。

▎実戦問題▎

彼は火事で家だけではなく、＿＿＿ ★ ＿＿＿ ＿＿＿しまった。

1 まで　　　　　**2** 失って　　　　　**3** 家族　　　　　**4** 大切な

62 それとも／または

┃意味┃ それとも：還是

または：或者

┃接続┃ 疑問文＋それとも＋疑問文

文＋または＋文

┃説明┃

「それとも」與「または」都是「二選一」的用法，但兩者在接續上及語意上略有不同。在接續上，「それとも」的前後連接的是兩個疑問句（常體或敬體皆可），「または」則無此限制。在語意上，「それとも」重點在於請對方從中擇一，所以中文適合翻譯成「還是」，「または」則表示無論哪一者皆可，所以中文適合翻譯成「或者」。

┃例文┃

◆ ご飯<ruby>飯<rt>はん</rt></ruby>にする？それともお風<ruby>風<rt>ふ</rt></ruby>呂<ruby>呂<rt>ろ</rt></ruby>にする？

你要先吃飯？還是先洗澡？

◆ ここに残<ruby>残<rt>のこ</rt></ruby>るのか、それとも我々<ruby>我々<rt>われわれ</rt></ruby>と共<ruby>共<rt>とも</rt></ruby>に行<ruby>行<rt>い</rt></ruby>くのか、自分<ruby>自分<rt>じぶん</rt></ruby>で決<ruby>決<rt>き</rt></ruby>めろ。

你要留在這裡，還是和我們一起走，你自己決定吧！

◆ 黒<ruby>黒<rt>くろ</rt></ruby>または青<ruby>青<rt>あお</rt></ruby>のペンで記入<ruby>記入<rt>きにゅう</rt></ruby>してください。

請用黑筆或藍筆填寫。

◆ 申<ruby>申<rt>もう</rt></ruby>し込<ruby>込<rt>こ</rt></ruby>みにはパスポートまたは身分証<ruby>身分証<rt>みぶんしょう</rt></ruby>が必要<ruby>必要<rt>ひつよう</rt></ruby>です。

報名需要護照或者身分證。

┃実戦問題┃

今日の昼ご飯は焼きそばにしますか。＿＿＿ ＿＿＿ ★ ＿＿＿。

1 か **2** うどん **3** それとも **4** にします

63 そのうえ

┃意味┃ （不僅僅…）而且

┃接続┃ 名詞で
ナ形で
イ形く／くて ＋そのうえ
動詞ます／て形

┃説明┃

於前句敘述某人事物的特質後，再於後句添加強調其他特質，表示「不僅僅…，而且…」的語意。

┃例文┃

◆ 彼は誰にでも優しく、そのうえ笑顔がいい。

　他不僅僅對誰都很溫柔，而且笑容又好看。

◆ 日本の電車は本数が多く、そのうえ滅多に遅れない。

　日本的電車不僅僅班次多，而且又很少誤點。

◆ あの学校は多くの貴族が通う名門校で、そのうえ学費が高い。

　那間學校不僅僅是許多貴族上的名校，而且學費也很貴。

 重要

用法與單純表示累加的「そして／それから／それに」類似，但「そのうえ」
更強調「不僅僅…，而且…」的語氣，基本上可與其他三者互換使用。

◆ 彼は守備がいい。そのうえ／そして／それから／それに 足も速い。

　他善於守備，而且跑得又快。

│実戦問題│

内田さんは字がきれいで、＿＿＿ ＿★＿ ＿＿＿ ＿＿＿です。

1 性格　　　　　**2** も　　　　　**3** そのうえ　　　　　**4** いい

64 〜なんか／なんて

┃意味┃ 什麼的…

┃接続┃ 名詞（＋助詞）＋なんか／なんて

名詞＋なんか／なんて（＋助詞）

┃説明┃

「なんか」和「なんて」意思跟「など」相同，都可以表示列舉。但「なんか」和「なんて」在表示列舉的同時，有時還帶有說話者輕視、貶低他人的語氣。如果接在第一人稱之後則為謙遜語氣，表示說話者低姿態評價自己。雖然「なんて」的文法意義和「なんか」相同，但由於語氣比較強烈，禮貌程度又很低，所以使用時要注意聽者的身分地位。

┃例文┃

◆ こんなに重要な仕事は、経験が浅い私になんかできません。

這麼重要的工作，對資歷尚淺的我而言，難以勝任。

◆ いえいえ、私なんて何もしてませんよ。すべては本田さんのおかげです。

不，我什麼都沒有做，一切都是多虧了本田小姐。

◆ 嘘つきの言うことなんか、誰が信じるものか。

騙子說的話，誰會信啊！

◆ お金なんていらない。君と一緒にいられるだけでいい。

我才不要什麼錢呢，只要能和你在一起就夠了。

┃実戦問題┃

私は____ ____ _★_ ____と付き合いたくないよ。

1 つまらない　　　**2** 人　　　　　**3** なんか　　　**4** あんなに

65 なんて～だろう

┃意味┃ 多麼…啊

┃接続┃

なんて＋ {名詞＋（なん）／ナ形な＋ん／イ形い＋ん} ＋だろう

┃説明┃

「なんて～だろう」是「なんと～だろう」的口語表現，用來表示內心強烈感受到的事，或是覺得感動、驚訝或失望的事。如果是比較有禮貌的說法則為「なんて～でしょう」。

┃例文┃

◆ なんてかわいい犬でしょう。

多麼可愛的狗啊！

◆ この水彩画はなんて美しいんだろう。

這幅水彩畫多美麗啊！

◆ 大切な人をなくして、なんてつらいことだろう。

失去重要的人多麼痛苦啊！

◆ この曲、なんていいメロディーなんだろう。

這首歌的旋律多麼美啊！

┃実戦問題┃

1点の差で試験に失敗してしまって、＿＿★＿ ＿＿＿ ＿＿＿ ＿＿＿。

1 こと **2** だろう **3** 残念な **4** なんて

93

66 ～とは限らない

┃意味┃ 未必…

┃接続┃
名詞普通形
ナ形普通形
イ形普通形
動詞普通形
｝＋とは限らない

┃説明┃

表示不一定侷限於某種狀況，也有例外或有其他狀況產生。經常與「必ずしも（未必）」、「みんな（大家）」、「いつも（總是）」、「ぜんぶ（全部）」、「誰でも（無論誰）」等語詞一起使用。

┃例文┃

◆ 毎日運動しても、必ずしも痩せるとは限りません。

　　即使每天運動，也未必能瘦下來。

◆ 台湾人がみんな臭豆腐が好きだとは限りません。

　　臺灣人未必大家都喜歡臭豆腐。

◆ 先生がいつも正しいとは限らない。

　　老師未必總是對的。

◆ 一生懸命勉強しても、国家試験に受かるとは限らない。

　　即使拚命念書，也未必能通過國考。

┃実戦問題┃

塾に通っても、必ずしも＿＿＿　＿＿＿　★　＿＿＿。

1 成績が　　　　　**2** とは　　　　　**3** 上がる　　　　　**4** 限らない

━━━━━━━━━━━━━━━━━━━━● 模擬試験 ●━━━━━━━━━━━━━━━━━━━━

次の文の（　　）に入れるのに最もよいものを、1・2・3・4から一つ選びなさい。

[1] 外国語は毎日練習すれば（　　）上達するものだ。
　　1 するほど　　　　**2** しても　　　　　**3** 練習まで　　　　**4** 練習なんか

[2] 今の若者にとって、ゲーム（　　）楽しいことはない。
　　1 ばかり　　　　　**2** ほど　　　　　　**3** なんか　　　　　**4** まで

[3] 彼（　　）頭がいい人になると、この問題を解くのは簡単だ。
　　1 くらい　　　　　**2** なんか　　　　　**3** までの　　　　　**4** なんて

[4] 自分の失敗談を友人に話すと、その友人（　　）笑われた。
　　1 まで　　　　　　**2** から　　　　　　**3** で　　　　　　　**4** にまで

[5] ワクチンを打っても、必ずしもインフルエンザに感染しない（　　）。
　　1 はずがない　　　　　　　　　　**2** べきではない
　　3 とは限らない　　　　　　　　　**4** わけにはいかない

[6] 今、私が見ているのは夢か？（　　）現実か？
　　1 それとも　　　**2** それくらい　　　**3** それなんて　　　**4** それなら

[7] 阿里山の日の出と雲海は台湾で1、2を争う（　　）の絶景だ。
　　1 まで　　　　　**2** こと　　　　　　**3** くらい　　　　　**4** もの

[8] こんな豪華なパーティー、ぼく（　　）が来てもよかったのでしょうか。
　　1 くらい　　　　　**2** なんか　　　　　**3** なら　　　　　　**4** ほど

95

⑨ こんなつまらない授業を聞く（　　）なら、サボってどこかへ遊びに行きたいね。

1 ほど　　　　　　　**2** くらい　　　　　　**3** まで　　　　　　**4** より

⑩ この番組はテレビ（　　）配信アプリで見ることができる。

1 それとも　　　　　**2** くらい　　　　　　**3** なんか　　　　　**4** または

⑪ 先生の名前を間違えて、穴があれば入りたいほどの（　　）思いをした。

1 嬉しい　　　　　　　　　　　　**2** 楽しい

3 恥ずかしい　　　　　　　　　　**4** ばかばかしい

⑫ 再生可能エネルギーは地球に優しく、（　　）尽きることがない。

1 それとも　　　　　**2** なんて　　　　　　**3** そのうえ　　　　**4** でも

⑬ この世界は（　　）素晴らしいのだろう。

1 なんて　　　　　　**2** なんか　　　　　　**3** それもと　　　　**4** または

⑭ 地球（　　）生物の生存に適した惑星はない。

1 まで　　　　　　　**2** ばかり　　　　　　**3** または　　　　　**4** くらい

⑮ もうあなたのこと（　　）知らない！

1 なら　　　　　　　**2** ほど　　　　　　　**3** くらい　　　　　**4** なんて

第 **7** 週

67 〜おかげで／おかげだ

┃**意味**┃ 多虧…；託…的福

┃**接続**┃ 名詞の
ナ形な／だった
イ形普通形 ＋おかげで／おかげだ
動詞普通形

┃**説明**┃

「おかげ」的漢字寫成「お陰」，中文意思為恩惠、幫助。表示因為某個原因才有好的結果，語帶感謝。少數情形下作負面解釋，此時語帶反諷。「〜おかげで」置於句中，「〜おかげだ」則置於句尾。

┃**例文**┃

◆ 先輩が手伝ってくれたおかげで、仕事がいつもより早く終わりました。

多虧前輩幫忙，比平常早完成工作。

◆ これもすべてあなたのおかげだ。本当に助かったよ！

這也全都是託你的福。真是幫了大忙！

◆ 彼に邪魔されたおかげで、僕たちのデートはさんざんなものになってしまった。

拜他搗亂之賜，我們的約會變得一團糟。

┃**実戦問題**┃

木村さんが＿＿＿ ★ ＿＿＿ ＿＿＿を成功させることができた。

1 このプロジェクト 　　　　　**2** おかげで

3 くれた 　　　　　**4** 協力して

68 ～せいで／せいだ

┃意味┃ 都怪…；因為…

┃接続┃
名詞の
ナ形な ┐
イ形普通形 ├＋せいで／せいだ
動詞普通形 ┘

┃説明┃

「せい」的中文意思為緣故、原因。表示因為某個原因而導致不好的結果。只用於負面敘述，不能用於描述正面的狀況，與一般表示原因、理由的「～ので」和「～ために」相比，語帶怪罪之意。「～せいで」置於句中，「～せいだ」則置於句尾。

┃例文┃

◆ 今回の失敗はすべてあなたのせいです。責任をとってください。

這一次的失敗全都怪你，請你負責。

◆ 私が仕事に不慣れなせいで、みんなに迷惑をかけてしまいました。

都怪我不熟悉工作，給大家添麻煩。

◆ 風が強いせいで、凧がなかなか飛ばない。

都是因為風太強了，風箏怎麼也飛不起來。

┃実戦問題┃

昨日お菓子を＿★＿ ＿＿ ＿＿ ＿＿何度もトイレに行ってしまった。

1 お腹が
2 食べすぎた
3 痛くなって
4 せいで

69 〜くせに

┃意味┃ 明明…卻

┃接続┃ 名詞の
ナ形な
イ形普通形 ┃＋くせに
動詞普通形

┃説明┃

用於責怪、批評他人，表示說話者針對觀察到的事實，提出認為與批評對象的行為不相稱的具體理由。屬於逆接表現，且為口語用法。使用時前後主詞必須相同，且須注意不能用於描述說話者自己。

┃例文┃

◆ あの店員は接客する立場のくせに、客に対して失礼な態度を取ります。

　　那名店員明明職責就是接待客人，對顧客的態度卻很失禮。

◆ 彼女のことが本当は好きなくせに、口では嫌いだと言っている。

　　明明實際上是喜歡她的，嘴上卻說討厭她。

◆ 何も知らないくせに、知ったようなふりをするな。

　　明明什麼都不知道，就別裝出一副知道的樣子。

重要

類似文法「〜のに」只有語帶失望、不滿之意，「〜くせに」則含有挖苦、揶揄，或指責他人的語氣。

┃実戦問題┃

弟は＿＿＿ ＿＿＿ ＿＿＿ ★、毎週焼肉の食べ放題を食べに行く。

1 ない　　　　　**2** くせに　　　　　**3** が　　　　　**4** お金

70 〜たび（に）

┃意味┃ 每當…

┃接続┃
名詞の ╲
　　　　 ┣＋たび（に）
動詞辞書形╱

┃説明┃

漢字可寫成「〜度（に）」，表示慣例。前接屢次重複的行為，意指每次該行為發生時，都會固定出現後述情形。

┃例文┃

◆ 父は海外旅行のたびに、外国の珍しい置物を買ってきます。

　　每當父親去國外旅行時，就會買異國珍奇的擺飾品回來。

◆ 真央ちゃんは失恋のたびに「もう男なんて信じない」と泣きながら電話をかけてくる。

　　每當真央失戀的時候，就會哭著打電話來說：「我再也不相信男人了」。

◆ 実家に帰るたびに、景色が変わっているような気がする。

　　每當回老家的時候，都會覺得景物變遷。

 重要

「〜たび（に）」不能用於描述自然界恆常的結果或日常習慣。

（×）冬になるたびに、ツバキが咲きます。

（○）冬になると、ツバキが咲きます。

　　每到冬天，山茶花就會盛開。

|実戦問題|

卒業アルバム____ ____ ★ ____を思い出す。

1 を **2** 見る **3** 高校時代 **4** たびに

71 ～ため（に） 書面語

┃意味┃ 因為…；由於…

┃接続┃
名詞の／だった
ナ形な／だった
イ形普通形
動詞普通形
}＋ため（に）

┃説明┃

表示原因、理由，語氣比「～から」和「～ので」生硬且正式，多用於論文、公告及新聞報導等客觀敘述事情的時候。後半不可接續表示推測、命令、意志等句子。「に」可省略，意思不變。

┃例文┃

◆ 館内消毒のため、午後1時から午後4時まで休館します。

　　由於館內消毒，下午1點至下午4點將閉館。

◆ 今年は春が寒かったため、メロンの収穫は去年より遅れた。

　　今年因為春天寒冷，所以哈密瓜的收成較去年晚。

◆ 動画サイトのルール違反したため、チャンネルアカウントが削除された。

　　由於違反影片分享網站規定，所以頻道帳號被刪除。

重要

「～ために」還有表示「目的」的用法，中文意思是「為了…」，接續方式為「名詞の／動詞辞書形＋ために」，學習上須多加留意兩者的差異。

┃実戦問題┃

夏休みにハワイに＿＿＿　★　＿＿＿＿＿なりました。

1 ため　　　　　**2** 少なく　　　　　**3** 行った　　　　　**4** 貯金が

72 ～とおり（に）／どおり（に）

┃意味┃ 正如…；按照…

┃接続┃ 名詞の
動詞辞書形／た形 ｝＋とおり（に）
名詞＋どおり（に）

┃説明┃

「～とおり（に）」與「～どおり（に）」的漢字皆寫成「～通り（に）」，兩者意思相同，表示如同前項提示，經常接續「計画」、「指示」、「想像」等詞語，或是思考相關動詞的名詞型態，例如「思い」、「考え」等。修飾後方名詞時，則使用「～とおりの／どおりの」之形式。

┃例文┃

◆ 当列車は予定どおり、まもなく終点札幌駅に到着いたします。

　　本列車將如預定時間，即將抵達終點札幌站。

◆ 大丈夫。僕の言うとおりにすれば必ず成功するさ。

　　沒問題的！只要照我的話做一定會成功。

◆ 何もかも思いどおりになると思わないほうがいいよ。

　　最好不要以為所有的事都會如你所想。

┃実戦問題┃

今日初めて工藤さんと話したのだが、＿★＿ ＿＿ ＿＿ ＿＿人だった。

1 素敵な　　　　　　　　　　　**2** とおり

3 思っていた　　　　　　　　　**4** の

73 ～うえ（に）

┃意味┃ 不僅…

┃接続┃
名詞の／である
ナ形な／である
イ形普通形
動詞普通形
＋うえ（に）

┃説明┃

可寫成漢字「～上に」，表示在前述狀況上，又有更進一步的事情發生，無論好壞事例皆可使用。須留意前後文須同為正面敘述，或是同為負面敘述。此外，後半句不可接續命令、勧誘、禁止等表現。

┃例文┃

◆ 今年は電力不足の上に水不足です。

　今年不僅缺電，而且還缺水。

◆ このポーチはデザインがおしゃれな上に、実用性もあります。

　這款化妝包不僅設計時髦，也兼具實用性。

◆ 林先生はいつも優しい上に、病状の説明がわかりやすい。

　林醫師不僅總是很和藹，病情說明也讓人好理解。

◆ 今日は宿題を忘れて先生に怒られた上に、帰り道で財布を落とした。

　今天不僅忘記帶功課而被老師罵，回家的路上又掉了錢包。

┃実戦問題┃

ほうれん草は＿＿＿ ＿＿＿ ★ ＿＿＿、ビタミンＣも多く含まれています。

1 上に　　　　　　**2** 低い　　　　　　**3** カロリー　　　　　**4** が

74 〜かわりに

┃意味┃ 代替…；不…改以…

┃接続┃ 名詞の
動詞辞書形 ｝＋かわりに

┃説明┃

表示由他人代替原本的人物進行某件事，或表示改由另一動作代替原來的動作。此外，「名詞の＋かわりに」亦可說成「名詞＋にかわって」。

┃例文┃

◆ 明日の町内会議は私のかわりに娘が出席させていただきます。

　明天的里民大會請容小女代我出席。

◆ 映画を見に行こうと思ったら急に雨が降り出したので、出かけるかわりに、うちでＤＶＤを見ることにしました。

　正想去看電影時突然下起雨，因此不出門，改在家裡看ＤＶＤ。

◆ 最近は図書館で勉強するかわりに、喫茶店で勉強する学生もいるそうだ。

　聽說最近有些學生不在圖書館念書，而改在咖啡廳念書。

 重要

「〜かわりに」還可表示某事雖有好的一面，也有不好的一面，意思為「雖然…但…」。接續法為「ナ形な／イ形普通形／動詞普通形＋かわりに」。

◆ この学生寮は寮費が安いかわりに、シャワーが共同で不便だ。

　這間學生宿舍的住宿費雖然便宜，但淋浴間是共用的，很不方便。

第 7 週

┃実戦問題┃

豚肉 ★ ___ ___ ___使ってミートボールを作ってみた。

1 の　　　　　　**2** を　　　　　　**3** 鶏肉　　　　　　**4** かわりに

75 ～わりに（は）

┃意味┃ 但是…；相形之下…

┃接続┃ 名詞の／である
ナ形な／である
イ形普通形 ＋わりに（は）
動詞普通形

┃説明┃

表示某項事物的實際情形不符合人們一般預想的基準。正負面評論皆可使用，且前後文的主語不限定是同一個。

┃例文┃

◆ おばは５５歳ですが、年齢のわりには若く見えます。

我阿姨 55 歲了，但是看起來比實際年齡還年輕。

◆ あの観光地は有名なわりには外国人観光客が少ないです。

那個觀光地區雖然頗負盛名，但外國觀光客卻很少。

◆ このブドウは値段が安いわりに甘くておいしい。

這串葡萄雖然價格便宜，但很甘甜可口。

◆ 次郎くんがスポーツ万能のわりには、兄の太郎くんはできない。

次郎體育全能，相形之下哥哥太郎就不行。

┃実戦問題┃

王さんは英語＿＿＿ ＿＿＿ ★ ＿＿＿、すごく上手だね。

1 わりに **2** 3か月 **3** を **4** 勉強した

76 〜とともに

┃意味┃ 和…一起

┃接続┃ 名詞＋とともに

┃説明┃

漢字寫作「〜と共に」，表示「一起」之意，屬於較為生硬的用法。前項為人物、機構等名詞時，表示共同行動的主體。

┃例文┃

◆ 仲間（なかま）とともに力（ちから）を合（あ）わせてがんばってください。

  請和伙伴同心協力，努力加油！

◆ 北村（きたむら）さんは家族（かぞく）とともに、ロサンゼルスに行（い）くことになった。

  北村先生要和家人一起去洛杉磯。

◆ 妹（いもうと）は卒業式（そつぎょうしき）の写真（しゃしん）とともにメッセージを友達（ともだち）に送（おく）った。

  妹妹將畢業典禮的照片連同訊息一起傳給朋友。

重要

由於「〜とともに」為書面語，所以如果為日常的口語對話，則多使用「〜と一緒に」。

┃実戦問題┃

私は子供の頃から＿＿＿ ★ ＿＿＿ ＿＿＿きた。

1 6匹の   **2** 暮らして   **3** 犬   **4** とともに

77 ～ついでに

┃意味┃ …時，順便…

┃接続┃ 名詞の
動詞辞書形／た形 } ＋ついでに

┃説明┃

前接動作性名詞或動詞，表示藉著做前項動作的時機，連帶做另一項動作。須留意前項才是主要的動作。

┃例文┃

◆ 旅のついでに田舎の生活を体験してみませんか。

　你想不想在旅行時順便體驗鄉下的生活呢？

◆ 手紙は銀行へ行ったついでに出してきました。

　信在我去銀行時順路寄出了。

◆ 台南に出張するついでに、幼なじみに会おうと思っている。

　想趁到臺南出差時，順便探望童年好友。

重要

若「～ついでに」前接動詞た形，表示前項動作完成之後，才進行後項順帶的動作。如果前接動詞辭書形，則沒有明顯提示動作進行的先後順序。

┃実戦問題┃

来週仕事で北海道へ行く。せっかくだから、___ ★___ ___ ___と思っている。

1 ついでに　　　　**2** しよう　　　　**3** 観光も　　　　**4** 出張の

●————— 模擬試験 —————●

次の文の（　　）に入れるのに最もよいものを、1・2・3・4から一つ選びなさい。

1 走る（　　）、脇腹が痛くなるため、走るのが嫌いだ。
　　1 ついでに　　　　2 せいで　　　　　3 うえに　　　　　4 たびに

2 大変混雑しているので、スタッフの指示した（　　）、動いてください。
　　1 とおり　　　　　2 たびに　　　　　3 かわりに　　　　4 ついでに

3 電気製品（　　）、今は家事をするのが楽になっている。
　　1 なおかげで　　　2 なせいで　　　　3 のおかげで　　　4 のせいで

4 大雨警報（　　）、明日の活動は全部中止になった。
　　1 のため　　　　　2 ため　　　　　　3 のとおり　　　　4 どおり

5 部活の先輩は真面目に練習していない（　　）、いつも後輩たちに威張った
　 態度を取る。
　　1 くせに　　　　　2 ために　　　　　3 せいで　　　　　4 ついでに

6 ゆうべ半生の豚肉を（　　）、お腹を壊してしまった。
　　1 食べるせいで　　　　　　　　　　　2 食べたせいで
　　3 食べるとともに　　　　　　　　　　4 食べたとともに

7 僕の（　　）、田中くんが海外出張に行ってくれました。
　　1 ともに　　　　　2 せいで　　　　　3 おかげで　　　　4 かわりに

⑧ 友達（　　）、フルマラソンを走りきることができて嬉しかった。
　　1 ついでに　　　　　2 のついでに　　　3 とともに　　　　4 ともに

⑨ 上司が嫌い（　　）、入社2か月で会社をやめた。
　　1 ため　　　　　　　2 のおかげで　　　3 なせいで　　　　4 かわりに

⑩ 階段から（　　）、腕が折れました。
　　1 落ちるせいで　　　　　　　　　　2 落ちたため
　　3 落ちるついでに　　　　　　　　　4 落ちたたびに

⑪ 彼女はいつもトイレに行く（　　）、化粧直しをする。
　　1 ついでに　　　　　2 かわりに　　　　3 わりに　　　　　4 とおり

⑫ 時間（　　）会議を始めるので、遅刻しないでください。
　　1 とおりに　　　　　2 どおりに　　　　3 わりに　　　　　4 のわりに

⑬ あいつは体が大きい（　　）、度胸が小さいね。
　　1 せいで　　　　　　2 とおりに　　　　3 わりに　　　　　4 うえに

⑭ 私は（　　）たびに、甘いものが食べたくなる。
　　1 疲れている　　　　2 疲れの　　　　　3 疲れた　　　　　4 疲れる

⑮ 姉は（　　）うえに、語学の才能がある。
　　1 きれい　　　　　　2 きれいだ　　　　3 きれいの　　　　4 きれいな

第 **8** 週

Checklist

78 ～てもおかしくない

┃**意味**┃ …也不足為怪

┃**接続**┃ 動詞て形＋もおかしくない

┃**説明**┃

表示「即使發生了…，也不令人覺得奇怪」的語意，「おかしくない」是形容詞「おかしい（奇怪的）」的否定。用於說話者覺得某事情極有可能發生，或即使某事發生了，也可以理解的情況。經常搭配「いつ」、「何」、「どちら」等疑問詞一起使用。

┃**例文**┃

◆ 富士山は日本の象徴と言ってもおかしくないです。

　　說富士山是日本的象徵也不足為怪。

◆ その兵士は銃弾を腹部に受けており、いつ倒れてもおかしくない。

　　那個士兵腹部被子彈打中，隨時倒下都不足為怪。

◆ その人はモデルさんと見間違われてもおかしくないくらい美しい。

　　那個人美到即使被誤認為是模特兒也不足為怪。

 重要

亦可說成「～てもおかしくはない」，此時的「は」有強調語氣的作用。

┃**実戦問題**┃

自然災害は＿＿＿ ★ ＿＿＿ ＿＿＿、日頃からの備えが必要です。

1 いつ　　　　　**2** ので　　　　　**3** 起きても　　　　**4** おかしくない

79 ～てもしかたがない

┃意味┃ 即使…也沒辦法

┃接続┃
名詞で
ナ形で
イ形くて
動詞て形
＋もしかたがない

┃説明┃

表示「即使…，也沒轍、沒意義或白費力氣」的語意。「しかた」的漢字寫成「仕方」，意思為「方法、辦法」。「しかたがない」在口語經常換說成「しょうがない」，所以此句型也可替換成「～てもしょうがない」。

┃例文┃

◆ 相手が強かったですから、この試合に負けてもしかたがありません。

　對方太強了，所以這場比賽輸了也沒辦法。

◆ 過ぎたことを悩んでいてもしかたがありません。

　都已經是過去的事情了，煩惱也沒用。

◆ 彼は授業をサボったので怒られてもしかたがない。

　因為他蹺課，所以被罵也沒辦法。

◆ 彼女はまだ怒り心頭だから、いま何を言ってもしかたがない。

　她還怒火中燒，所以現在說什麼都是白費力氣。

┃実戦問題┃

過去を＿＿＿ ＿＿＿ ★ ＿＿＿。今を生きろ。

1 ない　　　　　**2** も　　　　　　**3** 後悔して　　　　**4** しかたが

80 〜てしかたがない／てしょうがない

|意味| …得不得了；非常…

|接続| ナ形で
イ形くて ｝＋しかたがない／しょうがない
動詞て形

|説明|

表示不自覺地產生某種情感，形容其程度強烈，連自己也無法控制。前面接續「嫌」、「痛い」、「うれしい」等表示說話者個人感受、心情，或是身體反應的詞語。口語會話多使用「〜てしょうがない」。如果用在自己以外的其他人，句尾須加上「らしい」或「ようだ」等表示推測的語詞。

|例文|

◆ 従妹は福岡での生活が楽しくてしかたがないらしいです。

　　表妹在福岡的生活，好像過得很快樂。

◆ 仕事をやめてから、毎日暇でしょうがない。

　　辭掉工作之後，每天閒得不得了。

◆ 今日は朝からくしゃみが出てしょうがない。誰か私の噂をしているのかな。

　　今天從早上開始就一直打噴嚏，是不是有誰在背後說我閒話？

|実戦問題|

日本語能力試験の＿＿＿ ＿＿＿ ＿★＿ ＿＿＿。ぜんぜん眠れない。

1 結果が　　　　　　　　　　**2** しかたがない

3 なって　　　　　　　　　　**4** 気に

81 ～てたまらない

┃意味┃ …得受不了；非常…

┃接続┃
ナ形で
イ形くて
動詞ます+たくて
┃+たまらない

┃説明┃

表示說話者的某種心情、個人感受或是慾望極為強烈。「たまらない」來自動詞「たまる」的否定形，意思是「無法忍受」，用於強調程度強烈。

┃例文┃

◆ 留学している弟のことが心配でたまらないので、毎晩電話をかけている。

　　我非常擔心留學在外的弟弟，所以每晚都打電話給他。

◆ 恋人と別れた今年のバレンタインデーは寂しくてたまらなかった。

　　與情人分手後的今年的情人節，寂寞得不得了。

◆ 新しい車を買いたくてたまらないのだが、なかなか妻に言い出せない。

　　我非常想買新車，卻對妻子怎麼也說不出口。

重要

「～てたまらない」與「～てしょうがない」意思相似，經常可替換使用，但「～てたまらない」有時包含了「…最棒」的語意，此時就不能替換成「～てしょうがない」。

◆ 風呂上りの牛乳はおいしくてたまらない。

　　洗完澡後喝的牛奶美味極了。

┃実戦問題┃

エレベーターに乗った時、＿＿＿ ＿★＿ ＿＿＿ ＿＿＿。

1 おならが　　　　　　　　　　　**2** 出て

3 恥ずかしくて　　　　　　　　　**4** たまらなかった

82 ～てほしい

┃意味┃ 希望…

┃接続┃ 動詞て形＋ほしい

┃説明┃

表示「希望某人做…」時，動作執行者以助詞「に」表達，句型作「人＋に＋動詞て形＋ほしい」。表示「希望大自然發生某種現象」時，大自然名詞以助詞「が」表達，句型作「自然＋が＋動詞て形＋ほしい」。否定有「～ないでほしい（希望不要做…）」及「～てほしくない（不希望…）」兩種表達方式，語意大致相同，但後者的否定語氣較強烈。

┃例文┃

◆ 息子には進学のことを諦めないでほしいです。

希望兒子不要放棄升學。

◆ 私が留守の間に、洗濯物を干してほしい。

我不在家的期間，希望你幫我曬衣服。

◆ どこも水不足なので、早く雨が降ってほしい。

到處都缺水，希望快點下雨。

重要

文法「～たい」是表說話者自己想要做某事，「～てほしい」是說話者希望聽者或第三者做某事，兩者都表示說話者的希望，差異在於希望執行動作的人不同。

◆ 日本へ行きたいです。　我想要去日本。

◆ 日本へ行ってほしいです。　我希望你去日本。

▌実戦問題▌

明日会議があるので、できるだけ早く＿＿＿ ＿＿＿ ★ ＿＿＿。

1 ほしい **2** 資料 **3** 整理して **4** を

必⚫勝

83 〜てみせる

│意味│ ① 做給…看；示範…

② 一定要（努力）…

│接続│ 動詞て形＋みせる

│説明│

「みせる」漢字寫作「見せる」，意思為「讓人看、展現」，接在動詞て形後，形成輔助動詞，此時一般不寫成漢字。

① 表示為別人做示範動作的意思。

② 表示說話者決心實踐某件事的強烈願望之意，經常搭配「必ず」、「きっと」等詞語一起使用。

│例文│

①

◆ リズムに合わせて踊ってみせましょう。

譲我配合節奏跳給大家看吧。

◆ 体育の先生はクロールを教えるため、１５メートル泳いでみせた。

體育老師為了教自由式，示範游了 15 公尺。

②

◆ 明日の個人戦は必ず勝ってみせます。

明天的個人賽我一定會贏給你看。

◆ 来年はどうしても大学院の試験に合格してみせよう。

我明年無論如何一定要考上研究所。

│実戦問題│

人工呼吸の方法について、消防士が＿★＿ ＿＿＿ ＿＿＿ ＿＿＿。

1 くれた　　　　**2** 使って　　　　**3** みせて　　　　**4** 人形を

84 〜てからでないと／てからでなければ

┃**意味**┃ 如果不…就（不能）…

┃**接続**┃ 動詞て形＋からでないと／からでなければ

┃**説明**┃

表示如果不先進行某項行為，就沒辦法做後面的動作，或是會發生不好的結果。後半句多為可能動詞的否定形，或是「〜てはいけない」等否定表現。「〜てからでないと」的語氣較「〜てからでなければ」強烈。

┃**例文**┃

◆ 林教授の授業は専門用語が多くて、よく予習してからでないとついていけません。

　　林教授的課有很多專業術語，如果不先好好預習的話會跟不上。

◆ きちんと確かめてからでなければ、返事することはできません。

　　如果沒有妥當確認就沒辦法回覆。

◆ この倉庫は身分証明書を提示してからでないと中に入れない。

　　如果不出示身分證就無法進到這間倉庫裡面。

 重要

「〜てからでないと／てからでなければ」在口語會話中亦常説成「〜てからじゃないと」。

┃**実戦問題**┃

事前に＿＿＿ ★ ＿＿＿ ＿＿＿、ここで写真を撮ってはいけません。

1 とって　　　　　**2** からでないと　　**3** 許可　　　　　　**4** を

85 たとえ～ても

┃意味┃ 即使…也…

┃接続┃

たとえ＋
$\begin{cases} 名詞で／であって \\ ナ形で \\ イ形くて \\ 動詞て形 \end{cases}$ ＋も

┃説明┃

表示即使前項的條件成立，也不會對後項造成影響。通常列舉極端的例子，用來強調沒有任何情形可改變後面所描述的事情。

┃例文┃

◆ たとえ大雪でも、彼女はミニスカートをはいて学校に行きます。

　　即使下大雪，她也都穿迷你裙去學校。

◆ たとえ危険でも、行かなければいけない。

　　即使危險也不得不去。

◆ たとえ利益は小さくてもやらなければいけない仕事がある。

　　有一些工作即使利潤微薄也不得不做。

┃実戦問題┃

＿＿＿ ＿＿＿ ★ ＿＿＿、私はフランスに留学するつもりです。

1 反対され　　　　**2** たとえ　　　　**3** 親に　　　　　　**4** ても

86 ～こそ／からこそ

┃意味┃ ～こそ：正是…

　　　～からこそ：正因為…

┃接続┃ 名詞＋こそ

　　　名詞だ
　　　ナ形だ
　　　イ形普通形　｝＋からこそ
　　　動詞普通形

┃説明┃

「～こそ」用來強調前項所述事物，與其他事物做明確的區別。衍生用法「～から
こそ」則用於強調原因，為強烈的主觀認定，表示「正因為…才…」，常以「のだ
／んだ」結尾。兩者皆多為正面敘述。

┃例文┃

◆ 3人目の応募者こそ私が探していた人材です。

　第3位應徵者正是我所尋覓的人才。

◆ 今こそ自分を見つめ直すいい機会だ。

　現在正是重新審視自我的好機會。

◆ 両親の努力があったからこそ、今の私たちの生活があるのだ。

　正因為有父母親的努力，才有我們今日的生活。

┃実戦問題┃

長年の経験を＿＿＿ ★ ＿＿＿ ＿＿＿、公演を成功させることができたのだ。

1 積んだ　　　　**2** からこそ　　　　**3** 先輩が　　　　**4** いた

87 ～からには

｜意味｜ 既然…就

｜接続｜
名詞である ⎫
ナ形である ⎪
イ形普通形 ⎬ ＋からには
動詞普通形 ⎭

｜説明｜

表示既然是該種情況，就要堅持做到底。後半句經常接續「～たい」、「～つもりだ」、「～べきだ」、「～なければならない」等表示説話者的意志、決心或命令的句型。

｜例文｜

◆ やるからには最後（さいご）までがんばります！

  既然要做，我就會努力到最後！

◆ オリンピックに参加（さんか）するからには、ぜひともメダルをとってもらいたい。

  既然要參加奧運，就希望你一定要拿到獎牌。

◆ 「出席（しゅっせき）します」と返事（へんじ）したからには、友人（ゆうじん）の結婚式（けっこんしき）に行（い）かなければならない。

  既然回覆「會出席」了，就必須去朋友的結婚典禮。

｜実戦問題｜

日本語学科＿＿＿ ＿＿＿ ★ ＿＿＿について学びたい。

1 からには   **2** に   **3** 日本文化   **4** 入った

88 ～ことから   書面語

┃意味┃ 由於…；從…

┃接続┃
名詞である／だった
ナ形な／である／だった
イ形普通形
動詞普通形
┃＋ことから

┃説明┃

由表示原因、理由的「～から」所延伸出的文法。前面接續形式名詞「こと」，使前文名詞化，表示原因、由來、根據，用以解釋後述事件或現象之成因，或是判斷之依據。後半句經常為「～ようになった」、「～と呼ばれている」、「～が分かる」等句型。

┃例文┃

◆ 静岡は気候が温暖なことから、古くからお茶の生産が盛んだ。

　由於靜岡的氣候溫暖，自古就盛產茶葉。

◆ あの山は花が咲かないことから「はななし山」と呼ばれるようになった。

　由於那座山的植物不開花，故被稱作「無花山」。

◆ 氷は水に浮くことから、氷のほうが水よりも密度が小さいことが分かる。

　從冰塊浮在水上這點，可得知冰塊密度比水小。

┃実戦問題┃

消費者の＿＿ ＿＿ ★ ＿＿、女性の意見を重視するのは当然のことである。

1 女性　　　　　**2** ことから　　　　**3** である　　　　**4** 多くが

━━━━━━━━━━━━━━━ ● 模擬試験 ● ━━━━━━━━━━━━━━━

次の文の（　　）に入れるのに最もよいものを、1・2・3・4から一つ選びなさい。

1 あの有名なバスケ選手と握手できて、嬉しくて（　　）よ。
　　1 しかたがない　　**2** わけがない　　**3** おかしくない　　**4** ひまがない

2 王様の意思に反した人は、（　　）貴族であっても、厳しく処罰される。
　　1 もしかして　　**2** たとえ　　**3** もしくは　　**4** たぶん

3 友人の前でピアノを少し弾いて（　　）と、驚いた顔ですごいねと言ってくれた。
　　1 みたら　　　　　　　　　　**2** みてからでないと
　　3 みせる　　　　　　　　　　**4** みれば

4 オーストラリアに来た（　　）、野生のカンガルーを一度見てみたい。
　　1 ためには　　**2** からには　　**3** までには　　**4** たびには

5 みんなと旅行に行きたくて（　　）けれど、全員の予定がなかなか合わない。
　　1 おかしくない　　**2** 我慢がない　　**3** たまらない　　**4** ほしい

6 台湾南部は熱帯気候（　　）、マンゴーやグアバなどいろいろな種類の果物が栽培される。
　　1 こそ　　　　　　　　　　　**2** からこそ
　　3 であることから　　　　　　**4** ために

7 今その両国の関係は最悪で、いつ戦争が始まっても（　　）。
　　1 おかしくない　　　　　　　**2** たまらない
　　3 わけがない　　　　　　　　**4** 可能性がある

127

⑧ 君の助言があった（　　）、僕は逆境を乗り越えることができた。

1 せいで　　　　　　**2** だから　　　　　　**3** までには　　　　　**4** からこそ

⑨ 全員が（　　）、会議を始めることはできない。

1 集まったら　　　　　　　　　　**2** 集まってからでなければ

3 集まっていないけれど　　　　　**4** 集まったから

⑩ 今入院している鈴木さんに、早く元気に（　　）です。

1 なりたい　　　　　　　　　　　**2** なってほしい

3 なってみせたい　　　　　　　　**4** なっていたい

⑪ 今の時代では、知恵（　　）力だ。

1 だけでは　　　　　**2** からこそ　　　　　**3** からには　　　　　**4** こそ

⑫ 明日は遠足があるので、天気が（　　）。

1 晴れたい　　　　　　　　　　　**2** 晴れてみせたい

3 晴れてほしい　　　　　　　　　**4** 晴れてもしかたがない

⑬ 山中くんは自分の誤りを反省しているので、これ以上彼を責め（　　）。

1 てもしかたがない　　　　　　　**2** ないといけない

3 てたまらない　　　　　　　　　**4** てほしい

⑭ 日本の旧暦では11月は寒くなって霜が降りる（　　）、霜月という異名を持つ。

1 ことから　　　　　**2** だから　　　　　**3** からには　　　　　**4** ということは

⑮ 身体検査を（　　）、飛行機に乗ることができない。

1 受けたあとに　　　　　　　　　**2** 受けてからでないと

3 受けたからじゃないと　　　　　**4** 受けると

第 **9** 週

Checklist

89 ～だけ

┃意味┃ （在…範圍）盡可能…

┃接続┃ 動詞ます＋たい／動詞可能形＋だけ

┃説明┃

這裡的「だけ」表示「限度」，前接具體的程度或動作，表示在此範圍、最大程度內，盡可能地執行某事。前後常為相同動詞。慣用句「できるだけ（盡量）」即來自此用法。此外，修飾名詞時使用「～だけの＋名詞」之形式。

┃例文┃

◆ やれるだけのことを精一杯やりましたから、悔しさはありません。

　　因為已經盡力將能做的都做了，所以我沒有遺憾。

◆ 辛くて苦しい時は、泣きたいだけ泣いたほうがいいです。

　　難過痛苦的時候，想哭就盡情地哭一哭比較好。

◆ 食べたいだけ食べたので、1 週間で 3 キロ太ってしまった。

　　因為想吃多少就盡情地吃，我 1 星期內胖了 3 公斤。

 重要

其他常見固定說法：

好きなだけ	これだけ	それだけ	あれだけ	どれだけ
盡情地	這麼	那麼	那麼	多麼

┃実戦問題┃

西川さんは＿＿★＿＿ ＿＿＿ ＿＿＿ ＿＿＿を借りて、この高級マンションを買った。

1 の　　　　　　**2** お金　　　　　**3** だけ　　　　　　**4** 借りられる

90 〜だけで

┃意味┃ 僅僅…；光只是…

┃接続┃
名詞
動詞辞書形／た形 ｝＋だけで

┃説明┃

「だけ」表示「僅僅」，「で」表示手段、方法，兩者合起來語意為「僅僅透過…，就…」。前面經常接續「考える」、「想像する」、「聞く」、「見る」等與思考、感官有關的動詞，此時表示即使沒有實際做某事，但透過思考或感官活動，就有某種感受。動詞的時態可以是辭書形或た形，語意不變。

┃例文┃

◆ 年金だけで生活できますか。

　僅靠年金，就可以過生活嗎？

◆ 先の予定のことを考えるだけで疲れてしまいます。

　光只是想到接下來的預定行程，就覺得累。

◆ 好きな人の名前を見るだけでドキドキする。

　僅僅看到喜歡的人的名字，就心跳加速。

◆ コーチの声を聞いただけで、震えが止まらない。

　僅僅聽到教練的聲音，就全身發抖。

┃実戦問題┃

生徒たちが活躍する姿を＿＿＿ ★ ＿＿＿ ＿＿＿。

1 なってくる　　　**2** だけで　　　　　**3** 想像する　　　　**4** 楽しみに

91 ～だけでなく

▎意味▎ 不僅僅…

▎接続▎ 名詞（である）
ナ形な
イ形普通形
動詞普通形
＞＋だけでなく

▎説明▎

表示「不僅僅…，還有…」，是「だけです」的否定て形，亦可以說成「～だけではなく」，語意不變。後文經常與助詞「も」一起使用。此外，在口語會話中，也經常說成「～だけじゃなく」。

▎例文▎

◆ ジブリの映画は日本国内だけでなく、海外でも人気があります。

　　吉卜力的電影不僅日本國內，在海外也很受歡迎。

◆ 彼女はきれいなだけでなく、思いやりもあって、男子にモテモテです。

　　她不僅漂亮，又很貼心，很受男生歡迎。

◆ 大学生にとっては専門知識を取り入れるだけでなく、自分で考えることも重要だ。

　　對大學生而言，除了汲取專業知識外，自主思考也很重要。

▎実戦問題▎

省エネ家電は地球に＿＿＿　＿＿＿　＿＿＿　＿★＿つながる。

1 だけでなく　　　**2** も　　　　　　　**3** 節約に　　　　　**4** 優しい

92 ～しかない／（より）ほかない

┃意味┃ 只能…；只好…

┃接続┃ 動詞辞書形＋しかない／（より）ほかない

┃説明┃

表示客觀情勢上除了前項做法之外，沒有其他選擇，無關乎意願。「～しかない」
經常出現在口語對話，「～（より）ほかない」則為書面語。

┃例文┃

◆ 敵はもうそこまで来ているんだ。前進するしかないだろう。

　　敵人已經兵臨城下了，我們也只能向前挺進吧。

◆ こんなにたくさんの人に協力してもらってもだめだったんだから、もう
諦めるほかない。

　　承蒙這麼多人的協助都還做不成，也只能放棄了。

◆ エース選手だといっても怪我をしてしまったんだ。交替させるよりほかな
い。

　　雖說是王牌選手，但是受傷了，只能換人上場了。

 重要

其他類似說法還有「～ほかはない」、「～ほかしかたがない」等。

┃実戦問題┃

外は大雨なので、子供たち＿＿＿　★　＿＿＿　＿＿＿。

1 遊ばせる　　　　**2** を　　　　　　**3** 家の中で　　　　**4** しかない

93 ～ばかり

┃意味┃ 淨是…；總是…

┃接続┃ 名詞（＋助詞）＋ばかり

┃説明┃

表示總是做某事，而不做其他事情，或表示都只有某事物，而沒有其他東西。此時的「ばかり」意思為「只、淨是」，可加在想要強調的事物之後，表示量或次數之多。正負面敘述皆可使用，但較常用於負面敘述。

┃例文┃

◆ 娘は毎日テレビばかり見ています。

　我女兒每天淨是看電視。

◆ もう大人なんですから、勝手なことばかり言わないでください。

　你已經成年了，別老是說些任性的話。

◆ このお土産屋は清水寺に近いので、客が外国人観光客ばかりだ。

　這家伴手禮店因為鄰近清水寺，顧客都是外國觀光客。

重要

「～ばかり」還有另一個前接數量詞的用法，表示「大約」。

◆ 3曲ばかり歌った。　唱了約3首歌。

┃実戦問題┃

彼女は＿＿＿ ＿＿＿ ★ ＿＿＿ので、みんなに嫌われている。

1 言って　　　　**2** 冗談　　　　**3** いる　　　　**4** ばかり

94 ～てばかりいる

┃意味┃ 光是…；老是…

┃接続┃ 動詞て形＋ばかりいる

┃説明┃

表示他人一味地做某件事，而這類事情對說話者來說，都是不該做或不需要做的，因此本文法所表達的語氣多帶有說話者不滿的情緒。

┃例文┃

◆ 彼は最近、いつも怒ってばかりいます。何があったか知りませんか。

　　他最近老是在生氣。你知道發生什麼事了嗎？

◆ 子供を叱ってばかりいると、子供は自信を失ってしまいます。

　　如果一味地罵小孩，小孩會失去自信心。

◆ 動画を見てばかりいないで、早くレポートを書いてください。

　　不要光看影片，趕快寫報告。

 重要

「～てばかりいる」可與「～てばかりだ」互相替換，意思大致相同。

◆ 動画を見てばかりいる。／動画を見てばかりだ。

　　（不做運動、讀書、工作等其他事）老是看影片。

┃実戦問題┃

土曜日は＿＿＿ ＿＿＿ ＿＿＿ ★ 、たまには外で運動しなさい。

1 寝て 　　　　　**2** いないで 　　　　**3** 部屋で 　　　　**4** ばかり

95 〜ばかりでなく

書面語

┃意味┃ 不僅…

┃接続┃
名詞
ナ形な／である
イ形普通形
動詞普通形
｝＋ばかりでなく

┃説明┃

表示何止前項，還有更進一步的情況，後項事物或情況的程度更勝於前項。後半句經常搭配助詞「も」一起使用。

┃例文┃

◆ パクさんは日本語ばかりでなく、ロシア語を話すのも得意です。

　 不僅是日語，朴小姐也很擅長講俄羅斯語。

◆ 歩きスマホは自分が危険なばかりでなく、他人にも迷惑をかける。

　 邊走路邊滑手機不只讓自己陷入危險，也給其他人添麻煩。

◆ 知識や技術を学ぶばかりでなく、謙虚な態度も身につけてほしい。

　 希望你不只學習知識與技術，也要習得謙虛的態度。

 重要

意思與文法「〜だけでなく」相同，差別在於「〜だけでなく」為口語說法，「〜ばかりでなく」則為書面語。

┃実戦問題┃

この辺り＿＿＿　＿＿＿　★　＿＿＿、空気もきれいだ。

1 ばかりでなく　　**2** は　　　　**3** 静か　　　　**4** な

136

96 ～ということだ①

┃意味┃ 據說…

┃接続┃
名詞普通形
ナ形普通形
イ形普通形 ＋ということだ
動詞普通形

┃説明┃

「～ということだ」前接傳聞內容時，表示純粹轉述，多用於新聞報導當中。可與「～とのことだ」互相替換，不過「～とのことだ」語氣上較為生硬，常見於書信。口語對話中則較常說「～って」。

┃例文┃

◆ 部長は明日、広島へ出張するということだ。

　聽說經理明天要去廣島出差。

◆ 警察によると、犯人はこのルートを使って逃げたとのことだ。

　據警方表示，犯人是利用這條路線逃跑的。

◆ 今日の晩ご飯はステーキだって。

　聽說今天的晚餐是牛排。

┃実戦問題┃

新聞によると、あの女優は来週、仕事____ ____ ____ ★ 。

1 来る　　　　　　　　　　　**2** ということだ

3 台湾に　　　　　　　　　　**4** で

97 〜ということだ②

┃意味┃ 意思是…；也就是說…

┃接続┃ 名詞普通形
　　　 ナ形普通形
　　　 イ形普通形 ＋ということだ
　　　 動詞普通形

┃説明┃

「〜ということだ」亦可表示結論斷定，此時前接根據某種情況所做的解讀或補充說明，經常搭配「つまり」一起使用。口語對話中較常說成「〜ってことだ」。

┃例文┃

◆ 先生は病気で一週間休んでいます。つまり、今日の授業は休講ということですね。

　老師因病請假一星期，也就是說，今天的課程就停課了。

◆ 前田さんは３５年間、横浜市役所に勤めていた。つまり、人生の半分以上を横浜で過ごしたってことだ。

　前田先生在橫濱市政府工作35年，也就是說人生有一半的時間在橫濱度過。

◆ A：僕の業績を見ても社長は何も言わなかったよ。よかった、怒っていないってことだよね。

　看了我的業績總經理什麼也沒說。太好了，這表示他沒生氣。

　B：そうじゃなくて、あなたにはもう期待していないということだよ。

　不，意思是對你已經不抱期待了。

┃実戦問題┃

入り口には「土足厳禁」と書かれている。つまり靴を＿★＿＿＿＿＿＿＿＿＿＿。
1 いけない　　　　**2** 入っては　　　　**3** 履いたまま　　　　**4** ということだ

98 〜というより

┃意味┃ 與其說是…（不如說…）

┃接続┃ 名詞普通形
ナ形普通形
イ形普通形 ┣＋というより
動詞普通形

┃説明┃

表示說話者在說明某件事時，認為後項比前項還更貼切。前面接續名詞或な形容詞時，可省略「だ」。

┃例文┃

◆ うちのワンちゃんは太りすぎちゃって、犬というより熊みたいなんです。

我家的狗太胖了，與其說是狗還更像熊一些。

◆ この本は参考書というより辞書と言ったほうがいい。

這本書與其說是參考書，還不如說是辭典恰當些。

◆ 健太くんは食べるのが速い。食べているというより飲んでいるというくらいのスピードで、あっという間に食べてしまう。

健太吃得真快。速度之快與其說是吃還不如說像是用喝的，瞬間就吃光了。

 重要

「〜というより」後方可加上「も」表示強調。此外，「〜というより、むしろ〜」為本文法經常使用的形式。

┃実戦問題┃

近藤さんはかわいい＿＿＿ ★ ＿＿＿ ＿＿＿ふさわしい。

1 かっこいい　　　**2** と言った　　　**3** ほうが　　　**4** というより

99 ～と言われている

|意味| 一般都說…；人們說…

|接続| 名詞普通形
ナ形普通形
イ形普通形
動詞普通形
}＋と言われている

|説明|

用於傳述一般公認的事實，表示多數人對某事物帶有結論性的總結、看法、態度、評價和斷定等，多用於新聞報導等表達客觀意見的場合。前面接續名詞或な形容詞時，可省略「だ」。

|例文|

◆ 日本語はあいまいな 表 現の言語だと言われています。

　一般都說日語是一種表達曖昧含糊的語言。

◆ 音楽には国 境 がないと言われている。

　人們說音樂無國界。

◆ よく「結婚は人生のゴール」と言われているが、それはまったくの誤解である。

　人們常說「結婚是人生的終點」，那可是天大的誤解。

 重要

類似用法還有「～と見られている（一般覺得…）」和「～と考えられている（一般認為…）」等。

|実戦問題|

今年は花柄の服が＿＿＿ ＿＿＿ ★ ＿＿＿。

1 いる　　　　**2** と　　　　　　**3** 言われて　　　　**4** 流行する

● 模擬試験 ●

次の文の（　　）に入れるのに最もよいものを、1・2・3・4から一つ選びなさい。

① 沖で船が故障してしまい、救助隊の助けを待つ（　　）。
　1 しかない　　　　　　　　　　　　**2** わけがない
　3 しかたがない　　　　　　　　　　**4** といけない

② 宇宙飛行士は多分野に渡る知識（　　）、極端な環境に耐えられる身体能力
　も持っている。
　1 だけで　　　　　　　　　　　　　**2** しかなく
　3 ばかりでなく　　　　　　　　　　**4** よりも

③ 部長は午後に会議がある（　　）。だから、質問があるなら午前中に聞いた
　ほうがいいよ。
　1 と言われることだ　　　　　　　　**2** だけだ
　3 ということだ　　　　　　　　　　**4** ためだ

④ ジャイアントパンダはクマ科だから、猫（　　）熊に近い生物なんです。
　1 だけでなく　　　**2** というより　　　**3** でもなく　　　**4** のように

⑤ 犬が人にお腹を見せるのは、その人を信頼している（　　）だよ。
　1 だけ　　　　　**2** せい　　　　　**3** おかげ　　　　**4** ってこと

⑥ 休みの日は家に（　　）、外で遊んだほうがいい。
　1 こもってばかりいないで　　　　　**2** こもっていないばかりで
　3 こもっているほかなく　　　　　　**4** こもっていないと

⑦ その専門家は鳥の鳴き声を聞く（　　）、何の種類かがわかる。
　1 しかなく　　　**2** というより　　　**3** ばかりだと　　　**4** だけで

⑧ 今の社会では貧富の差が激しい。つまり、億万長者がいるだけでなく、助け
が必要な貧しい人々もいる（　　）。

1 とのことだ   2 ということだ
3 といわれることだ   4 つもりだ

⑨ 一流のアスリートになるためには、強さ（　　）、スポーツマン精神も必要
だ。

1 しかなく   2 よりも   3 ではなく   4 だけでなく

⑩ 先生によると、雨が降っても文化祭は予定通り行う（　　）。

1 んだっけ   2 という   3 とのことだ   4 と言った

⑪ 地球で生命が誕生したのは約35億年前だ（　　）。

1 と話されている   2 と言われている
3 とのことだ   4 とすることだ

⑫ 敵の軍勢に囲まれて、降伏する（　　）。

1 だけでない   2 ほかない
3 ことができない   4 ほどない

⑬ 明日森田くんたちが花火大会に行く（　　）。一緒に行かない？

1 だろうか   2 かな   3 そうらしい   4 って

⑭ 今回のパーティーに参加しているのは、有名な役者（　　）。

1 ほかない   2 ほとんどない
3 ばかりだ   4 ほど多い

⑮ あれ（　　）注意したのに、誰もルールを守ってくれない。

1 だけ   2 しか   3 いっぱい   4 という

第**10**週

Checklist

100 ～向きだ／向きに／向きの

┃意味┃ 適合…

┃接続┃ 名詞＋向きだ／向きに／向きの

┃説明┃

由自動詞「向く（適合）」延伸的文法。表示事物雖然當初並非為某些族群量身打造，但從結果上來看適合某對象使用。「～向きだ」置於句尾，「～向きに」作為副詞修飾後方動詞，「～向きの」則用來修飾名詞。

┃例文┃

◆ このデザインはどちらかというと女性<ruby>向<rt>じょせい む</rt></ruby>きでしょう。

　這種設計若要區別的話，比較適合女性吧。

◆ この部屋は一人暮らし<ruby>向<rt>へ や ひとりぐ む</rt></ruby>きですが、こちらは家族<ruby>向<rt>か ぞく む</rt></ruby>きにキッチンが大きく設<ruby>計<rt>おお せっ けい</rt></ruby>されています。

　這間房間適合一個人住，這邊則是適合家庭居住，設計了寬敞的廚房。

◆ A：この本は漢字にふりがなもついているし、きれいな<ruby>絵<rt>ほん かんじ え おお</rt></ruby>も多いよね。

　　這本書不僅漢字加註讀音，也有許多漂亮的插圖呢！

　B：そうだね。子供<ruby>向<rt>こどむ む</rt></ruby>きの本だ。太郎<ruby>に<rt>ほん たろう か</rt></ruby>買ってあげようか。

　　對啊，是很適合兒童的書。要不要買給太郎呢？

 重要

「～向きだ」的否定形為「～向きではない」。此外，也可使用「名詞＋に不向きだ」表示否定，兩者意思皆為「不適合…」。

◆ 昨日<ruby>読<rt>きのうよ</rt></ruby>んだ本は 小学生<ruby>向<rt>ほん しょうがくせい む</rt></ruby>きではない。

　我昨天讀的那本書不適合小學生。

実戦問題

相手の話をよく聞くことが＿＿ ＿＿ _★_ ＿＿と思う。

1 向きだ   **2** 人は   **3** できる   **4** 営業

101 ～向けだ／向けに／向けの

┃意味┃ 針對…；以…為對象

┃接続┃ 名詞＋向けだ／向けに／向けの

┃説明┃

由他動詞「向ける（朝向）」延伸的文法。表示事物打從一開始就針對某特定群體、目標對象或方向，迎合其需要進行設計及規劃。「～向けだ」置於句尾，「～向けに」作為副詞修飾後方動詞，「～向けの」則用來修飾名詞。

┃例文┃

◆ これは台湾人向けのパンフレットなので、繁体字で書かれています。

　　這是針對臺灣人的宣傳手冊，所以是以繁體中文書寫。

◆ この時計は男性向けにデザインされたものですが、女性にもお使いいただけます。

　　這款手錶雖是針對男性而設計，但是女性也可以配戴。

◆ この雑誌は主婦向けだが、最近は読者層が広がって若い女性にも売れている。

　　這本雜誌雖以主婦為對象，不過最近讀者層擴大，在年輕女性中也賣得不錯。

重要

「～向け」表示該事物針對特定族群打造，「～向き」則表示該事物並非量身打造，但剛好適合某些對象，學習上須多加留意。

┃実戦問題┃

この少年 ★ ＿＿＿ ＿＿＿ ＿＿＿ 、40 か国語以上で翻訳されている。

1 有名で　　　　　**2** 向けの　　　　　**3** 世界的にも　　　　**4** 漫画は

102 ～だらけ

┃意味┃ 滿是…；都是…

┃接続┃ 名詞＋だらけ

┃説明┃

表示某事物數量多，或雜亂遍佈到令人反感的地步，多用於負面敘述。前面經常接續「傷」、「血」、「泥」、「ほこり」、「ゴミ」、「ミス」、「間違い」等名詞。

┃例文┃

◆ これは誰が翻訳したんですか。間違いだらけですよ。

　這是誰翻譯的？滿是錯誤。

◆ 妹の部屋はゴミだらけで足の踏み場もない。

　妹妹的房間到處都是垃圾，連個站的地方都沒有。

◆ 猫のタマはこの季節になると、近所の猫とけんかがたえないらしく、いつも傷だらけになって帰ってくる。

　我家的貓小玉每到這個季節，好像就會不斷地跟附近的貓打架，總是一身傷回家。

重要

「だらけ」與「ばかり」都可用來表示某物數量之多，但是「ばかり」含有「限定」的語意，表示只有該物而沒有其他東西。

┃実戦問題┃

先週末は暇だったので、＿＿＿ ★ ＿＿＿ ＿＿＿を洗いました。

1 の　　　　　　　**2** 扇風機　　　　　**3** だらけ　　　　　　**4** ほこり

103 ～らしい

┃意味┃ 典型的…

┃接続┃ 名詞＋らしい

┃説明┃

這裡的「～らしい」不是 N4 文法學過表示推測的助動詞，而是接尾語，接在名詞後面，表示符合該名詞所指的典型特質。活用方式同イ形容詞。

┃例文┃

◆ 青い海と白い砂浜は、いかにも南国らしい景色です。

　蔚藍大海與白色沙灘完全就是典型的南國風光。

◆ 大久保さんは頼もしくて男らしい人だと思います。

　我認為大久保先生是個值得信賴且有男子氣概的人。

◆ いくつになっても、自分らしく生きたい。

　無論到幾歲，我都想要以自己的方式生活。

 重要

「～らしい」的活用變化：

現在肯定	現在否定	過去肯定	過去否定
～らしい	～らしくない	～らしかった	～らしくなかった

┃実戦問題┃

気象庁によると、今年は＿★＿ ＿＿ ＿＿ ＿＿多くなるということだ。

1 日が　　　　　　**2** の　　　　　　**3** 寒さ　　　　　　**4** 冬らしい

104 ～から～にかけて

║意味║ 從…到…

║接続║ 名詞₁＋から＋名詞₂＋にかけて

║説明║

表示時間或空間區段的籠統界定，泛指某區間。若不需要明確表達起點時，則可以省略「名詞₁＋から」的部分。

║例文║

◆ 日本では6月から7月にかけてアジサイが見頃を迎えます。

　　在日本，6月到7月是繡球花的花季。

◆ この渡り鳥は秋から冬にかけて台湾南部にやってきます。

　　這種候鳥在秋冬之際飛來臺灣南部。

◆ JR線は台風のため、名古屋から大阪にかけてダイヤが大幅に乱れています。

　　JR線因為颱風的緣故，名古屋到大阪的發車時刻大亂。

◆ 沖縄では今週末にかけて大雨が続くおそれがあります。

　　沖繩到這週末可能都會持續下大雨。

重要

相較於「～から～にかけて」只表示大略範圍，類似文法「～から～まで」則明確點出時間或空間的起點和終點。

║実戦問題║

鹿児島県では、30日夕方____ ____ ★ ____雨が降るでしょう。

1 から　　　　　　**2** にかけて　　　　**3** 激しい　　　　　**4** 31日朝

149

105 ～とか～とか

┃意味┃ …啦…啦；…或…

┃接続┃

$$\left.\begin{array}{l}名詞\\ナ形普通形\\イ形普通形\\動詞普通形\end{array}\right\}+とか+\left.\begin{array}{l}名詞\\ナ形普通形\\イ形普通形\\動詞普通形\end{array}\right\}+とか$$

┃説明┃

表示部分列舉，即列舉其中一部分的人或事物，並暗示還有其他類似的人事物。接續名詞與名詞時，句尾的動詞通常取決於最鄰近的名詞（受詞）。

┃例文┃

◆ 今朝はパンとか 牛 乳 とかを飲みました。

　今天早上吃了麵包啦牛奶啦等東西。

◆ ３ 連 休 を利用して、淡 水 とか九 份 とか回りました。

　利用３天連假走遍淡水、九份等地方。

◆ 暇なときは雑誌を読むとか音楽を聞くとかしてゆっくり過ごす。

　空閒時，就看看雜誌、聽聽音樂之類的悠閒度過。

◎ 重要

「～とか～とか」比類似文法「～や～（など）」口語，用於日常會話，可接續名詞、動詞和形容詞，而「～や～（など）」只能連接名詞。

┃実戦問題┃

私はゴーヤとか＿＿＿ ＿＿＿ ＿＿＿ ＿★＿が嫌いだ。

1 野菜　　　　　**2** ピーマン　　　　**3** とか　　　　**4** の

106 ～も～ば、～も／～も～なら、～も

┃意味┃ 既…又…；…也…也；有…也有…

┃接続┃

$$名詞_1＋も＋\begin{cases} 名詞なら（ば） \\ ナ形なら（ば） \\ イ形ければ \\ 動詞ば \end{cases}＋名詞_2＋も$$

┃説明┃

表示並列，援引兩項相同評價（兩項正面或兩項負面的評價）的例子印證自己的主張。另外，也可表示兩項相對的事物狀態或性質同時存在，來說明「有…的情形，也會有恰好相反的情形」。

┃例文┃

◆ この村は住民も親切なら、食べ物もうまい。

　這個村莊的居民親切，食物又美味。

◆ 呉くんは頭もよければ、運動神経もいい。

　吳同學頭腦好，運動神經也發達。

◆ 祖父は８０歳になるというのに元気で、山も登れば、卓球もする。

　我的爺爺雖然即將80歲，還是精神奕奕，既會爬山又會打桌球。

◆ 虫が嫌いな人もいれば、好きな人もいる。

　既有討厭昆蟲的人，也有喜歡昆蟲的人。

┃実戦問題┃

大学の入学試験は難しい問題＿＿＿ ＿★＿ ＿＿＿ ＿＿＿もあります。

1 簡単な　　　　　**2** 問題　　　　　**3** あれば　　　　　**4** も

107 ～さえ

▎**意味**▎ 連…都…

▎**接続**▎ 名詞（＋助詞）＋さえ

▎**説明**▎

舉出極端的事例，強調如果連該例都如此，就更不用說其他例子。語帶驚訝，後文常接否定表現。若前面接續的名詞主語為人或生物時，「名詞＋が」的「が」須改為「で」，作「名詞＋で＋さえ」。

▎**例文**▎

◆ 彼女は平仮名さえ読めません。

　她連平假名都不會念。

◆ メアリーさんは「ありがとう」さえ知らないんですよ。日本語が話せるはずがありません。

　瑪麗小姐連「謝謝」都不知道了，不可能會講日語。

◆ 彼は両親にさえ別れを告げずに行ってしまった。

　他甚至於對雙親不告而別。

◆ 今は小学生でさえスマホやタブレットを持っている。

　現在連小學生也有智慧型手機和平板電腦。

▎**実戦問題**▎

今朝は忙しすぎて、水を＿＿＿ ★ ＿＿＿ ＿＿＿。

1 時間　　　　　**2** 飲む　　　　　**3** なかった　　　　　**4** さえ

108 ～さえ～ば／～さえ～なら

┃意味┃ 只要…就…

┃接続┃ 名詞＋さえ＋名詞なら（ば）／ナ形なら（ば）

名詞＋さえ＋イ形ければ／動詞ば

ナ形で＋さえあれば

イ形く＋さえあれば

動詞ます＋さえすれば

┃説明┃

強調只要滿足所敘述的最低條件，其餘事物皆不成問題，可得到後面的結論。隱含著若無法達成前項條件，則其餘事物也都無法達成的語意。

┃例文┃

◆ 家族が元気でさえあれば、私は安心です。

只要家人健康，我就安心了。

◆ 大学さえ卒業すればいい仕事が見つかるわけではない。

並不是只要大學畢業就能找到好工作。

◆ 資本主義国家では、お金を払いさえすればさまざまなサービスが受けられる。

在資本主義國家，只要肯花錢就能享受各種服務。

┃実戦問題┃

私はおいしい＿＿＿ ＿＿＿ ★ ＿＿＿です。

1 食べれば   **2** 満足   **3** さえ   **4** 刺身

109 ～反面

┃意味┃ 另一方面；…的同時

┃接続┃ 名詞である
　　　 ナ形な／である
　　　 イ形普通形　　　　}＋反面
　　　 動詞普通形

┃説明┃

表示同一事物存在著前述特性，但同時也有互為表裡的對立項。常見用於提示優點之後，緊接著舉出不盡如人意的缺點。

┃例文┃

◆ 台北市内に住むのは通勤に便利な反面、家賃が高いという欠点があります。

　　住在臺北市內雖然通勤方便，但一方面也有房租高的缺點。

◆ 父はいつもやさしい反面、時には大声で怒鳴ることもある。

　　父親雖然總是很溫柔，但有時也會大聲罵人。

◆ 電子メールで連絡が便利になった反面、手紙を書くことは少なくなってしまった。

　　用電子郵件聯絡變得便利的同時，手寫書信的方式就變少了。

┃実戦問題┃

綿は＿＿＿　★　＿＿＿　＿＿＿、縮みやすい。

1 に　　　　　　**2** 吸水性　　　　　　**3** 反面　　　　　　**4** 優れている

110 〜場合

┃意味┃ …的時候；…的狀況

┃接続┃
名詞の
ナ形な
イ形普通形
動詞普通形
＋場合

┃説明┃

表示「發生某狀況的時候，…」的語意。與「〜とき」的用法及語意類似，但「〜場合」僅限用於表示未來的狀況，且通常只用於該狀況不太會發生，或偶然才會發生的時候。

┃例文┃

◆ 雨の場合、イベントが中止になります。

下雨天的話，活動就停辦。

◆ テストで６０点以上取ったら合格で、そうでない場合は不合格です。

考試拿 60 分以上就是及格，沒拿到時就是不及格。

◆ ワクチン接種後に発熱をした場合、解熱鎮痛剤を飲んでもいいです。

疫苗注射後發高燒時，可以吃退燒止痛藥。

◆ 地震が起きた場合、まず身の安全を確保してください。

當地震發生時，首先要確保自身安全。

🎯 **重要**

「～とき」可用於過去的情況，也可用於未來的情況，但「～場合」只能用於未來的情況。

(✕) 中学校の場合、毎日部活をやってました。

(○) 中学校の時、毎日部活をやってました。

國中的時候，每天都參加社團活動。

‖ 実戦問題 ‖

海外で＿＿ ＿＿ ★ ＿＿、どうすればいいのでしょうか。

1 場合 **2** を **3** なくした **4** パスポート

● 模擬試験 ●

次の文の（　　）に入れるのに最もよいものを、1・2・3・4から一つ選びなさい。

① 青木くんは失敗を恐れず、何事にも挑戦し、若者（　　）生き方をしている。
 　1 らしい 　　　　　**2** だらけの 　　　　　**3** 向けの 　　　　　**4** くらいの

② 明日は中国地方から九州地方（　　）、激しい雷雨となるおそれがあります。
 　1 のほうへ 　　　　**2** にあたって 　　　　**3** にかけて 　　　　**4** に向けて

③ 電気自動車は環境に（　　）、燃費も良い。
 　1 も優しければ 　　　　　　　　　　　**2** は優しいが
 　3 は優しいだけで 　　　　　　　　　　**4** も優しいほかなく

④ 宇宙は謎（　　）で、科学者たちはその謎を解くことに夢中です。
 　1 すべて 　　　　　**2** だらけ 　　　　　**3** らしく 　　　　　**4** っぽい

⑤ この絵本は子供（　　）ですが、大人が読んでも感動できます。
 　1 向け 　　　　　　**2** 好き 　　　　　**3** どおり 　　　　　**4** だらけ

⑥ 航空輸送は速さが特徴だが、自動車のような重い貨物を運ぶことには（　　）
 　である。
 　1 向き 　　　　　　**2** 間違い 　　　　　**3** 不向き 　　　　　**4** 逆向き

⑦ 学生なんだから、積極的に部活動（　　）学校行事（　　）に参加しようよ。
 　1 なら、ば 　　　　　　　　　　　　　　**2** も、も
 　3 より、のほう 　　　　　　　　　　　　**4** とか、とか

⑧ 年老いたおじいさんは、自分の息子の名前（　　　）忘れてしまった。

1 だけ　　　　　　2 さえ　　　　　　3 より　　　　　　4 ばかり

⑨ 天才の中には、一般の人（　　　）普通の生活をしたがる人もいる。

1 じゃない　　　　2 とか　　　　　　3 向きの　　　　　4 らしく

⑩ ネットは情報交換をするのに便利な（　　　）、個人情報が漏れるという危険がある。

1 だけでなく　　　2 反面　　　　　　3 うえで　　　　　4 なら

⑪ 柏木さんは仕事（　　　）、同僚への思いやりもできる。

1 もできれば　　　　　　　　　　2 もできないのに
3 ができるだけで　　　　　　　　4 ができる反面

⑫ 旅行の準備は全部できたので、あとは当日に寝坊（　　　）問題ない。

1 さえしなければ　　　　　　　　2 さえすれば
3 さえしなくても　　　　　　　　4 さえしないから

⑬ 実家の農地で田植えをすると、いつも服が泥（　　　）になってしまう。

1 向きに　　　　　2 向けに　　　　　3 だらけ　　　　　4 ばかり

⑭ 学校でいじめにあった（　　　）は、信頼できる大人に相談しなさい。

1 状況　　　　　　2 場合　　　　　　3 条件　　　　　　4 時期

⑮ 三村くんは身長が高く、バスケ選手（　　　）体格をしている。

1 向けの　　　　　2 向きの　　　　　3 よりも　　　　　4 だけの

第11週

Checklist

111 ～こと

▌意味▌ 規定

▌接続▌ 動詞辞書形／ない形＋こと

▌説明▌

常見於學校或機構的布告文上，內容為學校或機構所訂定的規則，用來表示「必須做…」或「禁止做…」，語意相當於「～しなさい」或「～してはいけない」。須注意只能置於句尾，且不可對長輩使用。

▌例文▌

◆ 明日までに宿題を提出すること。

　　明天以前要提交作業。

◆ 卒論は日本語で書くこと。

　　畢業論文要以日語書寫。

◆ 食事中に話さないこと。

　　用餐時請勿說話。

◆ 台風のときは海に近づかないこと。

　　颱風時，不要靠近海邊。

▌実戦問題▌

公園で野良猫に＿＿＿ ＿＿＿ ★ ＿＿＿。

1 やらない　　　**2** こと　　　　**3** 餌　　　　**4** を

112 ～って

|意味| 主題

|接続| 名詞+って

|説明|

表示以某人事物為話題做敘述，為「は」的口語用法。

例文|

◆ これってどういうことですか。

　這是怎麼一回事？

◆ 明日（あした）って 小（しょう）テストありますか。

　明天有小考嗎？

◆ その漫画（まんが）って面白（おもしろ）いよね。

　那個漫畫真是有趣啊！

重要

「って」的用法非常多，除了表示「話題」外，還有其他用法。例如表示「內容引用」時，語意及用法相當於「と」；表示「所謂的…」時，語意及用法相當於「とは」。

◆ A：彼女（かのじょ）は何（なん）て言（い）いましたか。

　她說什麼？

　B：もう二度（にど）と君（きみ）の顔（かお）を見（み）たくないって言（い）いました。（＝と）

　她說不想再看到你。

◆ タグ付（づ）けって何（なに）？（＝とは）

　所謂的貼標籤是什麼意思？

▌実戦問題 ▌

私は先生に「__ ★__ ____ ____ ____」と聞きました。

1 怖くない   **2** 死   **3** ですか   **4** って

113 〜んだって

┃意味┃ 聽說…

┃接続┃ 名詞な
ナ形な
イ形普通形 ｝＋んだって
動詞普通形

┃説明┃

傳達從某處聽到的消息，為「〜そうだ（聽說）」的口語用法。但要明示消息來源時，一般不使用文體生硬的「〜によると」，而是使用更適合口語用法的「〜言ってたんだけど」等。

┃例文┃

◆ あの人気俳優が昨日結婚したんだって！

聽說那個很受歡迎的演員昨天結婚了！

◆ この温泉は美肌効果があるんだって！

聽說這個溫泉有讓肌膚變美麗的效果！

◆ このケーキに蜂蜜をかけて食べると美味しいんだって。

聽說這蛋糕淋上蜂蜜會很好吃。

◆ ニュースで言ってたんだけど、明日から全国の学校はオンライン授業になるんだって。

聽新聞報導說，明天開始全國學校都是採線上教學。

🎯 **重 要**

「～って」有傳聞的「聽說」及直接引述的「某人說…」兩種用法，例如以下例句有「聽說老師馬上到」及「老師說他馬上到」兩種語意。相對地，「～んだって」只有傳聞的用法。亦即表傳聞時，「～って」與「～んだって」兩者可互換，但表直接引述某人的話時，只可使用「～って」。另外，表直接引述的「～って」句中亦可使用命令或請求形式，句尾還可加上「言う」。

◆ 先生がもうすぐ来るって。

　　聽說老師馬上就會到。

→ ① 表示傳聞，「って」可替換成「んだって」。

◆ 先生がもうすぐ来るって（言った）。

　　老師說他馬上到。

→ ② 直接引述某人的話，「って」不可替換成「んだって」。

┃実戦問題┃

　奈良には古い＿＿＿ ★ ＿＿＿ ＿＿＿。

1 ある　　　　　**2** んだって　　　　**3** たくさん　　　　**4** お寺が

114 ～っけ

┃意味┃ 是…？；是不是…？

┃接続┃
名詞だ／だった
ナ形だ／だった
イ形かった
動詞た形
}＋っけ

┃説明┃

表示針對某事件印象模糊的回想發問，用於詢問他人，或是自問自答確認時。屬於口語表現，多用於日常對話。須留意若為詢問他人時，句尾的「～っけ」語調上升，若為自問自答時則句尾語調下降。此外，更有禮貌的說法為「～でしたっけ」以及「～ましたっけ」。

┃例文┃

◆ 漢字テストは何曜日でしたっけ。

　漢字小考是星期幾啊？

◆ この前の土曜日は寒かったっけ。

　上星期六是不是很冷啊？

◆ 今日は、レポートを提出する日じゃなかったっけ。

　今天不就是要繳交報告的日子嗎？

┃実戦問題┃

A：＿★＿ ＿＿＿ ＿＿＿ ＿＿＿。ほら、去年家族で遊びに行った公園…。

B：ああ、昭和記念公園？

1 なんて 　　　　**2** っけ 　　　　**3** あそこ 　　　　**4** 言った

165

115 ～じゃない／じゃん

┃意味┃ ① 不是…嗎？（情感強調）

② 不是…嗎？（尋求同意）

┃接続┃ 名詞普通形
ナ形普通形
イ形普通形 ｝＋じゃない／じゃん
動詞普通形

┃説明┃

「じゃない」為「ではないか」的口語說法，根據句尾語調不同，會產生不同的含意。男性多用「～じゃないか」，女性則較常用「～じゃない／～じゃないの」。較禮貌的說法為「～じゃないでしょうか／～じゃありませんか」，「～じゃん」則為口語會話中更隨意的說法。當前接名詞及ナ形容詞現在肯定形時，須刪除「だ」作「名詞／ナ形＋じゃない」。

① 語調下降時，用於強調不滿、驚訝等個人情感，並責備、提醒、警告、誇獎對方，或提醒對方應該已知的事實。

② 語調上升時，表示自己如此認為，並尋求對方同意而進行反問。

┃例文┃

①

◆ 道の真ん中で遊ぶのは危ないじゃん。

在馬路中央玩耍不是很危險嗎？

◆ わあ、すごいじゃん。このスポーツカー、いつ手に入れた？

哇！好棒啊！你什麼時候買這部跑車的？

◆ 覚えていないの？あの人はこの前に紹介してあげた星野さんじゃないか。

你不記得了嗎？那個人不就是我之前向你介紹過的星野先生嗎？

②

◆ 青木くんと結婚する？それはいい話じゃないの？

　　跟青木結婚？這不是好事嗎？

◆ あの人、こんな暑い日にコートを着ている。変じゃん？

　　那個人在大熱天穿大衣，不是很奇怪嗎？

 重要

相似文法「〜んじゃない」前接各詞類普通形，但當前接名詞及ナ形容詞現在肯定形時，需作「名詞な／ナ形な＋んじゃない」。表示不確定的推測，此時語調上揚，相當於文法「〜だろう」，但語氣更委婉。

◆ このハイヒール、すてきね。高かったんじゃないの？

　　這雙高跟鞋真棒，應該很貴吧？

実戦問題

こんな問題、今まで何回も＿＿＿ ＿＿＿ ＿＿＿ ＿★＿の。また解き方を忘れたの？

1 ことが 　　　　**2** じゃない 　　　　**3** ある 　　　　**4** 解いた

116 ～かしら／かな

┃意味┃ …吧；…呢

┃接続┃
名詞普通形
ナ形普通形
イ形普通形 ｝＋かしら／かな
動詞普通形

┃説明┃

「～かしら」和「～かな」同樣都是置於句尾的語尾助詞，用於自問自答式的提問。語氣中帶有懷疑的心情。有時也用於向對方提問的場合。兩者不同之處在於，「～かしら」是女性用語，而「～かな」則是男女性都可使用。須留意兩者皆不可對上司及長輩使用。

┃例文┃

◆ このパンの消費期限は今日で終わりか。食べても大丈夫かな。

這塊麵包的有效期限到今天啊。應該還能吃吧？

◆ 今日は道が込んでいるね。バスは時間通りに来るかしら。

今天路上塞車。公車會準時來嗎？

◆ A：明日のパーティー、にぎやかかな。

明天的派對會不會很熱鬧呢？

B：人もたくさん集まるし、有名な歌手も来るし、きっとにぎやかになるだろう。

會有很多人來，知名歌手也會到場，所以一定會很熱鬧吧。

 重要

衍生句型「～ないかしら／ないかな」則表示說話者迫切期待事情的發生、出現或到來。

◆ 早くいい天気にならないかな。　天氣就不能快點放晴嗎？

実戦問題

母の誕生日だけど、プレゼントは＿＿　★　＿＿　＿＿。

1 かな　　　　　**2** いい　　　　　**3** 何　　　　　**4** が

169

117 ～ぞ

┃意味┃ 語尾助詞

┃接続┃ 名詞普通形
ナ形普通形
イ形普通形
動詞普通形
}＋ぞ

┃説明┃

置於句尾，表示一種強調的肯定和判斷，用於叮嚀、告知對方等場合，屬於男性用語，不過女性也會使用。也可以用於表達個人興奮之情，或是自言自語式的做出判斷或決心時，此種用法男女皆可使用。

┃例文┃

◆ 気をつけろ。このあたりは熊がいるぞ。

小心！這附近有熊喔！

◆ そんなつまらないこと、僕は絶対にやらないぞ。

那種無聊的事我絕對不會做啦。

◆ 今度こそかんばるぞ。

這次一定要努力喔！

┃実戦問題┃

翔太、早くしないと＿＿＿ ＿＿＿ ★ ＿＿＿。
1 に 　　　　　**2** ぞ 　　　　　**3** 学校 　　　　　**4** 遅刻する

118 お／ご～いただく

┃意味┃ 謙讓表現

┃接続┃ お＋動詞ます＋いただく

ご＋名詞する＋いただく

┃説明┃

表示感謝對方為我方做某項動作時的恭敬說法，為「～てもらう」的謙讓表現。語意上與「～ていただく」相同，但程度上更為客氣。

┃例文┃

◆ いつも丸井銀行をご利用いただき、ありがとうございます。

感謝您總是利用丸井銀行。

◆ お返事いただきましてありがとうございます。

感謝您的回信。

◆ 以下の点にご注意いただきますようお願いします。

敬請注意以下幾點事項。

🎯 **重要**

基本上和語動詞前面接「お」、漢語動詞前面接「ご」，但也有「お電話」、「お食事」等例外，以及「お」和「ご」皆可的「お返事／ご返事」等。

┃実戦問題┃

成田空港に関する＿＿＿ ＿＿＿ ★ ＿＿＿、誠にありがとうございました。

1 に
2 ご協力

3 アンケート調査
4 いただき

119 お／ご～くださる

｜意味｜ 尊敬表現

｜接続｜ お＋動詞ます＋くださる

ご＋名詞する＋くださる

｜説明｜

表示感謝對方為我方做某項動作時的恭敬說法，為「～てくれる」的尊敬表現。語意上與「～てくださる」相同，但程度上更為客氣。「お／ご～ください」為常見的請求句。

｜例文｜

◆ これは先生がお送りくださった本です。

這是老師惠贈的書。

◆ おたばこはご遠慮ください。

請勿吸菸。

◆ 公式ホームページで最新の情報をご確認くださいますようお願いします。

請於官方網站確認最新情報。

 重要

須留意「くださる」的活用變化：

辭書形	ます形	命令形
くださる	くださいます	ください

｜実戦問題｜

ただいま満席です＿＿＿ ＿＿＿ ★ ＿＿＿。

1 ください 　　　**2** 少々 　　　　**3** ので 　　　　**4** お待ち

172

120 お／ご～になれる

┃意味┃ 能…；可以…（尊敬表現）

┃接続┃ お＋動詞ます＋になれる

ご＋名詞する＋になれる

┃説明┃

為「お／ご～になる」的可能表現，表示對方可以做某項動作時的尊敬説法，常見於設施或服務項目等的説明中，主要為服務行業用語。

┃例文┃

◆ この商品はインターネット通信販売でもお買い求めになれます。

這項商品也可以利用網路購買。

◆ 各種サービスは年末年始も通常通りご利用になれます。

各項服務於歲末新春期間也能照常使用。

◆ 集合時間に遅れる方は、ご参加になれませんので、ご了承ください。

集合時間遲到的人士無法參加，敬請知悉。

重要

現今日本人經常使用「お／ご～できる」作為尊敬表現，不過事實上這是謙讓表現「お／ご～する」的可能形，作為尊敬表現時並非正確的敬語用法。雖然此誤用已融入日本人的生活中，但身為學習者還是盡量避免使用較好。

（×）ご利用できます　（○）ご利用になれます

┃実戦問題┃

このカードは、18歳以上の方なら、どなた＿＿＿ ★ ＿＿＿ 。

1 お申し込み　　**2** でも　　　　**3** に　　　　　　**4** なれます

173

121 お／ご〜です

┃意味┃ 尊敬表現

┃接続┃ お＋動詞ます＋です

ご＋名詞する＋です

┃説明┃

對於對方或第三者的狀況，或是正在行使的動作表示敬意，為動詞辭書形、動詞た形以及「〜ている」的尊敬表現。須留意並非每種動詞都適合套用此種尊敬表現。

┃例文┃

◆ ご注文はお決まりですか。

您決定好要點餐了嗎？

◆ 阿部先生、最近はどのようなテーマをご研究ですか。

阿部老師，您最近在研究什麼專題呢？

◆ A：社長、お客様がお待ちです。

總經理，客人在等您。

B：うん。すぐ行くよ。

嗯，我馬上去。

┃実戦問題┃

A：課長、部長＿＿＿ ＿＿＿ ＿＿＿ ★ よ。

B：わかった。すぐ行く。

1 呼び 　　　　**2** が 　　　　**3** です 　　　　**4** お

●━━━━━━━━ ● 模擬試験 ● ━━━━━━━━●

次の文の（　　）に入れるのに最もよいものを、1・2・3・4から一つ選びなさい。

① 斎藤さん、今週末はどこに（　　）か。
　1 お外出　　　　　　　　　　　　　2 お出かけです
　3 お出かけします　　　　　　　　　4 お出になります

② すみません、市立図書館（　　）どこにありますか。
　1 とは　　　　　2 って　　　　　　3 なら　　　　　4 までは

③ 今年、日本人の科学者がノーベル賞を受賞した（　　）。
　1 んだって　　　2 だって　　　　　3 だった　　　　4 だっけ

④ 漫画をいっぱい持っているんだから、少しくらい貸してくれてもいい
　（　　）。
　1 んだっけ　　　　　　　　　　　　2 だって
　3 ではないのか　　　　　　　　　　4 じゃん

⑤ 留学の1か月前から英語の勉強を始めても間に合うの（　　）。
　1 はない　　　　2 から　　　　　　3 かな　　　　　4 こと

⑥ 本日は富士遊園地に（　　）、誠にありがとうございます。
　1 参っていらしゃって　　　　　　　2 うかがっていただき
　3 ご来場いただき　　　　　　　　　4 ご来場いたし

⑦ 後で後悔しないように、いろんなことに挑戦するといい（　　）。
　1 こと　　　　　2 ぞ　　　　　　　3 か　　　　　　4 っけ

175

⑧ 友達と遊ぶのはいいけど、門限までには家に帰る（　　）。

　　1 な　　　　　　　**2** なあ　　　　　　　**3** かしら　　　　　　**4** こと

⑨ パスポートをお持ちでないお客様は、飛行機にご搭乗（　　）。

　　1 いたしません　　　　　　　　　　　**2** させてくれません

　　3 いただきません　　　　　　　　　　**4** になれません

⑩ 久しぶりに 1 人で焼肉を食べに行こう（　　）。

　　1 かしら　　　　　**2** こと　　　　　　**3** な　　　　　　　**4** よ

⑪ うちの会社の新しい化粧水をぜひ一度お試し（　　）たいです。

　　1 ください　　　　**2** なり　　　　　　**3** いただき　　　　**4** ご覧になり

⑫ 明後日の七夕祭りは何時に始まるんだ（　　）。

　　1 って　　　　　　**2** っけ　　　　　　**3** ぞ　　　　　　　**4** かしら

⑬ 電車内での飲食は（　　）。

　　1 ご禁止なさい　　　　　　　　　　　**2** ご遠慮ください

　　3 お気になってください　　　　　　　**4** ご小心なさい

⑭ そんなにたくさんバイトをして、大変（　　）の。

　　1 じゃ　　　　　　**2** かしら　　　　　**3** って　　　　　　**4** じゃない

⑮ 今日私を訪ねてきたのは、いったい何の（　　）か。

　　1 お問題です　　　**2** ご話です　　　　**3** ご用です　　　　**4** お仕事です

第12週

Checklist

122 ご存じ

┃意味┃ 知道（尊敬語）

┃説明┃

常作「ご存じだ／ご存じです」，為「知っている」的尊敬語，表示對方知曉某件訊息時的恭敬說法。「ご存じ」來自接頭語「ご」加上動詞「存じる」的ます形去掉ます的部分。可與另一尊敬表現「知っていらっしゃる」互相替換。疑問句「〜をご存じですか」為經常使用的句型，即「〜を知っていますか」的意思。

┃例文┃

◆ 楊さんが 入 院 されたのをご存じですか。

　　您曉得楊先生住院的事嗎？

◆ 杉山さんはアメリカの映画についてあまりご存じではなかったようです。

　　杉山小姐好像不太清楚美國電影。

◆ ご存じだとは思いますが、 念のためもう一度お知らせいたします。

　　我想您已經知道，但為求謹慎，仍再次通知。

重要

後面接續名詞時，使用「ご存じの＋名詞」之形式。此外，動詞「存じる」雖為「知る」的謙讓語，但「ご存じ」為尊敬語，須多加留意。

┃実戦問題┃

プデチゲ＿＿＿　＿＿＿　＿＿＿　★　の方は多いと思います。

1 ご存じ　　　　　**2** を　　　　　　　**3** という　　　　　　**4** 韓国料理

123 存じる／存じ上げる

┃意味┃ ① 知道（謙讓語）

② 覺得；認為（謙讓語）

┃説明┃

為「知る」和「思う」的謙讓語。「存じ上げる」是比「存じる」更謙遜的說法，且使用對象僅限於人，不能用於事物。用法分別如下：

① 作為「知る」的謙讓語時，須仿照「知っている」，將「存じる」改作「存じています」或「存じております」。

② 作為「思う」的謙讓語時，用於正式場合或書信問候，對上司、客戶或長輩等表示恭敬。

┃例文┃

①

◆ A：お茶の正しい淹れ方をご存じですか。　您知道泡茶的正確方法嗎？

　　B：ええ、存じております。　嗯，我知道。

◆ 郭様のことは存じ上げません。

我不認識郭先生。

②

◆ 新たな年を、皆様お健やかにお迎えのことと存じ上げます。

（書信問候）新的一年，大家身體健康。

◆ お役に立てれば嬉しく存じます。

能幫上您的忙，我感到很開心。

┃実戦問題┃

その件＿＿＿ ＿＿＿ ★ ＿＿＿。

1 は　　　　　　**2** 存じて　　　　　　**3** について　　　　　**4** おります

124 伺う／参る

┃意味┃ 拜訪（謙讓語）

┃説明┃

動詞「行く」有「伺う」及「参る」兩種謙讓語，前面接續與場所有關的名詞。兩者的差異在於，「伺う」只有謙讓語用法，前往的場所一定是想表示敬意的對象的所在之處，故可翻譯成「拜訪」。「参る」則有謙讓語及丁重語兩種用法，前往的場所可以是想表示敬意的對象的所在之處，也可以只是一般的地方名詞，前者可翻譯成「拜訪」，可與「伺う」互相替換，後者則只能翻譯成「去」。

┃例文┃

◆ 明日 10 時にそちらに伺ってもよろしいでしょうか。

　　明天 10 點是否可以到府上拜訪？

◆ あした、木村先生のお宅へ参ります。

　　明天去木村老師您家。（謙讓語用法）

◆ まもなく 1 番線に電車が参ります。

　　1 號月臺電車將要進站。（丁重語用法）

 重要

「伺う」同時也是「聞く（聽）」和「尋ねる（詢問）」的謙讓語。

◆ A：田中部長はいらっしゃいますか。　田中部長在嗎？

　　B：部長の田中は今席をはずしております。よろしければご用件を伺います。（聞く）

　　　田中部長現在不在座位上，方便的話，可以請問您有什麼事嗎？

◆ 原子力政策について伺いたいのですが。（尋ねる）

　　我想請問一下核能政策。

▌実戦問題▌

明日の午後4時＿＿＿ ＿＿＿ ＿＿＿ ★ 。

1 へ **2** に **3** 参ります **4** そちら

125 おっしゃる

┃意味┃ 說（尊敬語）

┃説明┃

「言う」的尊敬語，對須尊敬者的發言動作表示敬意。可寫成漢字「仰る」，但一般仍多以平假名書寫。

┃例文┃

◆ お名前は何とおっしゃいますか。

請教尊姓大名？

◆ どうぞ、何なりとおっしゃってください。

請您儘管說。

◆ 先生は「卒業してもがんばれ」とおっしゃいました。

老師說：「畢業後也要加油」。

 重要

「おっしゃる」雖屬於第Ⅰ類動詞，須留意ます形與命令形的活用變化：

辭書形	ます形	命令形
おっしゃる	おっしゃいます	おっしゃい

┃実戦問題┃

先ほど＿＿＿ ＿＿＿ ＿＿＿ ＿★＿、我々は今互いに協力しなければならない。

1 ように　　　　**2** 社長　　　　**3** が　　　　**4** おっしゃった

126 | 申す／申し上げる

┃意味┃ 說（謙讓語）

┃説明┃

「言う」的謙讓語，謙虛表示我方的發言動作。「申し上げる」比「申す」的表現更謙遜，除了自謙的意思之外，也包含對對方的敬意，但發言的內容必須及於對方，若與對方無關，例如說話者自我介紹，或是轉述他人談話等時，通常只會用「申す」，不用「申し上げる」。

┃例文┃

◆ はじめまして、三浦と申します。

初次見面，敝姓三浦。

◆ 派遣の延長については、先ほど申し上げましたとおりです。

有關派遣的延長事宜，如同先前的說明。

◆ 暑中お見舞い申し上げます。

（書信問候）致上暑期問候。

◆ 東京大学の教職員を代表して心よりお祝いを申し上げます。

由我代表東京大學的教職員致上由衷的祝賀。

┃実戦問題┃

今日からお世話に＿＿＿ ★ ＿＿＿ ＿＿＿。よろしくお願いいたします。

1 申します **2** 長谷川 **3** と **4** なる

127 おいでになる

┃意味┃ 來；去；在（尊敬語）

┃説明┃

「来る」、「行く」以及「いる」的尊敬語，對須尊敬者的移動動作或是存在狀態表示敬意。可與同為表示「來、去、在」的尊敬語「いらっしゃる」互相替換。

┃例文┃

◆ 車でおいでになった方には駐車券を差し上げます。

　　我們將敬贈停車券給開車光臨的人士。

◆ ブックフェアにはもうおいでになりましたか。

　　您去參觀過書展了嗎？

◆ 明日はお宅においでになりますか。

　　您明天會在府上嗎？

◆ 山下様は研究室においでになっています。

　　山下小姐正在研究室。

 重要

　　尊敬程度（由高至低）：
　　おいでになる・いらっしゃる＞来られる・行かれる・おられる

┃実戦問題┃

　　山崎部長が来月、出張で＿＿＿ ★ ＿＿＿ ＿＿＿です。

1 に　　　　　　　**2** そう　　　　　　　**3** 神戸　　　　　　　**4** おいでになる

128 おいでくださる

┃意味┃ 來（尊敬語）

┃説明┃

「来る」的尊敬語，對須尊敬者「來」的移動動作表示敬意。常使用「おいでください」的型態，意思為「来てください」。經常用於傳單或活動會場的公告當中。

┃例文┃

◆ 当日は、直接1階団体受付までおいでください。

　當天請直接前來1樓的團體接待處。

◆ 地球環境に関心がある方ならどなたでもおいでください。

　歡迎所有關心地球環境的人蒞臨。

◆ 台湾へようこそおいでくださいました。

　歡迎來到臺灣。

◆ お忙しいところおいでくださってありがとうございます。

　謝謝您在百忙之中抽空前來。

重要

同樣為「来てください」的尊敬語還有「いらっしゃってください」及「いらしてください」，可互相替換。

┃実戦問題┃

会場には駐車場はございませんので、＿＿＿ ＿＿＿ ★ ＿＿＿。

1 ください　　　　**2** おいで　　　　**3** で　　　　**4** 公共交通機関

129 お越しになる／お越しくださる

┃意味┃ 來；去（尊敬語）

┃説明┃

「お越しになる」是「来る」的尊敬語，用來尊稱對方的移動動作，常見於服務業。「お越しくださる」的意思則是「来てくれる」，常使用「お越しください」的型態。「お越しになってください」和「お越しください」都是「来てください」的敬語表現。

┃例文┃

◆ お客様は車でお越しになりますか。

　客人您是要開車前來嗎？

◆ 羽田空港からお越しになる方は、品川駅で山手線に乗り換えてください。

　從羽田機場前來的旅客，請在品川車站轉乘山手線。

◆ 土日は大変混雑しますので、時間に余裕をもってお越しください。

　由於星期六、日人潮眾多，還請您提前到來。

◆ わざわざお越しくださってありがとうございました。

　感謝您特地前來。

 重要

「お越しください」適合對公司外部的人（客戶、來訪貴賓等）使用，意思相似的「いらしてください」則適合對公司內部的人（上司）使用。

┃実戦問題┃

ちょっと1泊旅気分で、＿＿＿ ＿＿＿ ＿＿＿ ★ か。

1 お越しに　　　　**2** 箱根　　　　**3** に　　　　**4** なりません

130 ご覧になる／ご覧くださる

|意味| 看（尊敬語）

|説明|

「ご覧になる」是「見る」的尊敬語，對須尊敬者的「看」此動作表示敬意。「ごらん」一詞漢字表記為「御覧」。而「ご覧くださる」的意思則是「見てくれる」，為向長輩或上司有所請求、依賴的說法。「ご覧になってください」和「ご覧ください」都是「見てください」的敬語表現。

|例文|

◆ この資料をもうご覧になりましたか。

　　您看過這份資料了嗎？

◆ 課長、昨日の特番をご覧になりましたか。

　　課長，您看過昨天的特別節目了嗎？

◆ 詳しくは添付ファイルをご覧ください。

　　詳細請見附件檔案。

重要

外觀類似的動詞「ご覧に入れる」為「見せる（讓人看）」的謙讓語，切勿混淆。

|実戦問題|

私のホームページ＿＿＿ ★ ＿＿＿ ＿＿＿から感想のメールが届きました。

1 になった 　　　**2** 方 　　　　　**3** を 　　　　　**4** ご覧

131 お目にかける／ご覧に入れる

┃意味┃ 過目（謙讓語）

┃説明┃

兩者皆為「見せる」的謙讓語，表示出示某項事物請對方看，相當於中文的「過目」。「かける」和「入れる」皆為他動詞。

┃例文┃

◆ この記事に関連した写真を３枚お目にかけるつもりです。

　　我準備請您過目與這份報導有關的３張照片。

◆ 昨日お目にかけたサンプルでよろしいでしょうか。

　　昨日請您過目的樣品您覺得可以嗎？

◆ 画像をご覧に入れながらご説明いたします。

　　請您邊看影像，我邊說明。

◆ お客様に５分間の映像をご覧に入れましょう。

　　請顧客觀賞５分鐘的影片。

 重要

除了「お目にかける」和「ご覧に入れる」之外，「お見せする」也是「見せる」的謙讓語。

┃実戦問題┃

残念ながら、今日は霧のため、＿＿＿ ＿＿＿ ★ ＿＿＿ことができません。

1 ご覧に　　　　　**2** を　　　　　**3** 入れる　　　　　**4** 富士山

132 お目にかかる

┃意味┃ 與對方見面（謙讓語）

┃説明┃

「会う」的謙讓語，表示和對方見面的客氣說法，含有榮幸的意思。「かかる」為自動詞。前面要接續見面的對象時，須加上助詞「に」。此外，「お目にかかれる」為「お目にかかる」的可能形，經常用於相關句型中。

┃例文┃

◆ 初めてお目にかかります。

　初次見面。

◆ 佐々木様にお目にかかることができて光栄です。

　很榮幸能與佐佐木先生您見面。

◆ 昨日はお目にかかれなくて残念でした。

　很遺憾昨天沒能見到您。

◆ 皆様にお目にかかれることを楽しみにしております。

　我很期待能與各位見面。

重要

除了「お目にかかる」之外，「お会いする」也是「会う」的謙讓語，可能形為「お会いできる」。此外，外型類似的「お目にかける」則為「見せる」的謙讓語，切勿混淆。

┃実戦問題┃

蔡先生には、学会で何度も＿＿★＿　＿＿＿　＿＿＿　＿＿＿。

1 あります　　　**2** かかった　　　**3** お目に　　　**4** ことが

● 模擬試験 ●

次の文の（　　）に入れるのに最もよいものを、1・2・3・4から一つ選びなさい。

1 私たち護衛の役目は主人を守ることだと（　　）おります。
　　1 ご存じして　　　　　　　　　　　　**2** 知っていらっしゃって
　　3 存じて　　　　　　　　　　　　　　**4** ご存知になって

2 次の企画、必ず成功して（　　）ましょう。
　　1 ござい　　　　　**2** ご覧になり　　　**3** お見せになり　　　**4** ご覧に入れ

3 明日は、私が東京にある本社に（　　）。
　　1 いらっしゃいます　　　　　　　　　**2** お行きします
　　3 参ります　　　　　　　　　　　　　**4** 行かれます

4 今日の晩餐会には女王さまも（　　）予定です。
　　1 参る　　　　　　　　　　　　　　　**2** うかがう
　　3 お行きになる　　　　　　　　　　　**4** おいでになる

5 本日はどんな手段でこの会場に（　　）か。
　　1 うかがいました　　　　　　　　　　**2** お越しになりました
　　3 お越ししました　　　　　　　　　　**4** お見えになりました

6 （　　）の通り、明日の午後に大事な発表があるので、準備しておいてください。
　　1 存じ　　　　　　**2** ご存じ　　　　　**3** ご知り　　　　　**4** お知りになる

7 早くこの素晴らしい研究成果を社長に（　　）たいです。
　　1 お目にかけ　　　　　　　　　　　　**2** お目にかかり
　　3 お披露目になり　　　　　　　　　　**4** お目になり

⑧ すみません、よく聞き取れませんでした。何と（　　）か。

1 申しました　　　　　　　　　　　　**2** 申し上げました

3 おっしゃいました　　　　　　　　　　**4** お言いになりました

⑨ 昨日初めて吉田教授に（　　）ました。

1 お会いになり　　**2** お目にかかり　　**3** ご覧になり　　　　**4** ご覧いただき

⑩ 右手側を（　　）ください。富士山が綺麗に見えますよ。

1 拝見して　　　　　　　　　　　　　　**2** お見になって

3 お目にかかって　　　　　　　　　　　**4** ご覧

⑪ 今回の旅行が楽しかったら、いつかまた日本に（　　）ください。

1 参って　　　　　　　　　　　　　　　**2** おいで

3 お来になって　　　　　　　　　　　　**4** お会いになって

⑫ 何か悩みがありましたら、いつでも気軽に相談センターに（　　）。

1 おいらっしゃいなさい　　　　　　　　**2** お越しください

3 お参りになって　　　　　　　　　　　**4** うかがって

⑬ ご注文が決まりましたら、（　　）。

1 お聞きになります　　　　　　　　　　**2** 参ります

3 伺います　　　　　　　　　　　　　　**4** 尋ねなさいます

⑭ 日頃から応援してくださる保護者の皆様に対して、お礼を（　　）。

1 申し上げます　　　　　　　　　　　　**2** おっしゃいます

3 お言いします　　　　　　　　　　　　**4** お言いになります

⑮ 映画を（　　）お客様は、ぜひあちらで記念品をお買い求めください。

1 ご覧になった　　**2** 拝見した　　**3** お目にかけた　　**4** ご覧した

191

解　答

第1週

🔅 実戦問題

1　**1**（2→4→1→3）

2　**3**（3→1→4→2）

3　**4**（1→4→2→3）

4　**1**（2→4→3→1）

5　**3**（4→3→2→1）

6　**4**（4→2→3→1）

7　**3**（4→1→2→3）

8　**1**（2→3→1→4）

9　**2**（1→4→2→3）

10　**3**（4→3→2→1）

11　**2**（3→1→2→4）

🔅 模擬試験

1 2	2 4	3 2
4 2	5 1	6 4
7 2	8 1	9 1
10 3	11 2	12 4
13 1	14 3	15 3

第2週

🔅 実戦問題

12　**1**（2→4→1→3）

13　**2**（3→2→1→4）

14　**3**（4→3→1→2）

15　**4**（3→1→4→2）

16　**4**（2→1→4→3）

17　**1**（1→4→3→2）

18　**2**（3→4→1→2）

19　**4**（1→4→2→3）

20　**1**（2→3→1→4）

21　**3**（1→3→4→2）

22　**3**（4→2→3→1）

🔅 模擬試験

1 3	2 1	3 4
4 2	5 2	6 3
7 3	8 2	9 1
10 3	11 4	12 1
13 2	14 3	15 1

第3週

✕ 実戦問題

23 **2**（3→4→2→1）

24 **2**（4→3→2→1）

25 **3**（2→3→1→4）

26 **3**（1→4→2→3）

27 **1**（4→3→2→1）

28 **4**（1→4→3→2）

29 **2**（3→4→2→1）

30 **4**（1→3→2→4）

31 **3**（3→2→4→1）

32 **2**（4→2→1→3）

33 **1**（1→3→4→2）

✕ 模擬試験

①3	②3	③3
④4	⑤2	⑥2
⑦1	⑧1	⑨2
⑩4	⑪1	⑫4
⑬3	⑭2	⑮3

第4週

✕ 実戦問題

34 **1**（4→2→1→3）

35 **2**（3→1→2→4）

36 **4**（1→3→4→2）

37 **2**（3→4→2→1）

38 **3**（1→3→2→4）

39 **4**（2→3→4→1）

40 **1**（1→3→4→2）

41 **2**（3→4→2→1）

42 **3**（1→3→2→4）

43 **1**（2→4→1→3）

44 **4**（4→1→3→2）

✕ 模擬試験

①2	②2	③3
④3	⑤2	⑥1
⑦1	⑧4	⑨2
⑩4	⑪1	⑫3
⑬2	⑭1	⑮4

第 5 週

◆ 実戦問題

45　**2**（1 → 4 → 2 → 3）

46　**2**（2 → 1 → 4 → 3）

47　**4**（2 → 4 → 1 → 3）

48　**3**（4 → 2 → 3 → 1）

49　**1**（3 → 2 → 1 → 4）

50　**4**（1 → 4 → 3 → 2）

51　**1**（2 → 4 → 3 → 1）

52　**4**（4 → 2 → 3 → 1）

53　**2**（4 → 1 → 2 → 3）

54　**3**（2 → 3 → 4 → 1）

55　**4**（3 → 4 → 2 → 1）

◆ 模擬試験

1 4	2 1	3 4
4 3	5 2	6 2
7 1	8 3	9 4
10 2	11 1	12 1
13 4	14 3	15 3

第 6 週

◆ 実戦問題

56　**1**（3 → 2 → 4 → 1）

57　**2**（3 → 2 → 1 → 4）

58　**2**（1 → 4 → 2 → 3）

59　**4**（2 → 4 → 1 → 3）

60　**3**（3 → 1 → 4 → 2）

61　**3**（4 → 3 → 1 → 2）

62　**4**（3 → 2 → 4 → 1）

63　**1**（3 → 1 → 2 → 4）

64　**2**（4 → 1 → 2 → 3）

65　**4**（4 → 3 → 1 → 2）

66　**2**（1 → 3 → 2 → 4）

◆ 模擬試験

1 1	2 2	3 1
4 4	5 3	6 1
7 3	8 2	9 2
10 4	11 3	12 3
13 1	14 4	15 4

第 7 週

🎯 実戦問題

67	**3**	$(4 \rightarrow 3 \rightarrow 2 \rightarrow 1)$
68	**2**	$(2 \rightarrow 4 \rightarrow 1 \rightarrow 3)$
69	**2**	$(4 \rightarrow 3 \rightarrow 1 \rightarrow 2)$
70	**4**	$(1 \rightarrow 2 \rightarrow 4 \rightarrow 3)$
71	**1**	$(3 \rightarrow 1 \rightarrow 4 \rightarrow 2)$
72	**3**	$(3 \rightarrow 2 \rightarrow 4 \rightarrow 1)$
73	**2**	$(3 \rightarrow 4 \rightarrow 2 \rightarrow 1)$
74	**1**	$(1 \rightarrow 4 \rightarrow 3 \rightarrow 2)$
75	**4**	$(3 \rightarrow 2 \rightarrow 4 \rightarrow 1)$
76	**3**	$(1 \rightarrow 3 \rightarrow 4 \rightarrow 2)$
77	**4**	$(4 \rightarrow 1 \rightarrow 3 \rightarrow 2)$

第 8 週

🎯 実戦問題

78	**3**	$(1 \rightarrow 3 \rightarrow 4 \rightarrow 2)$
79	**4**	$(3 \rightarrow 2 \rightarrow 4 \rightarrow 1)$
80	**3**	$(1 \rightarrow 4 \rightarrow 3 \rightarrow 2)$
81	**2**	$(1 \rightarrow 2 \rightarrow 3 \rightarrow 4)$
82	**3**	$(2 \rightarrow 4 \rightarrow 3 \rightarrow 1)$
83	**4**	$(4 \rightarrow 2 \rightarrow 3 \rightarrow 1)$
84	**4**	$(3 \rightarrow 4 \rightarrow 1 \rightarrow 2)$
85	**1**	$(2 \rightarrow 3 \rightarrow 1 \rightarrow 4)$
86	**3**	$(1 \rightarrow 3 \rightarrow 4 \rightarrow 2)$
87	**1**	$(2 \rightarrow 4 \rightarrow 1 \rightarrow 3)$
88	**3**	$(4 \rightarrow 1 \rightarrow 3 \rightarrow 2)$

🎯 模擬試験

①4	②1	③3
④1	⑤1	⑥2
⑦4	⑧3	⑨3
⑩2	⑪1	⑫2
⑬3	⑭4	⑮4

🎯 模擬試験

①1	②2	③3
④2	⑤3	⑥3
⑦1	⑧4	⑨2
⑩2	⑪4	⑫3
⑬1	⑭1	⑮2

第9週

✦ 実戦問題

89 **4** (4 → 3 → 1 → 2)

90 **2** (3 → 2 → 4 → 1)

91 **2** (4 → 1 → 3 → 2)

92 **3** (2 → 3 → 1 → 4)

93 **1** (2 → 4 → 1 → 3)

94 **2** (3 → 1 → 4 → 2)

95 **4** (2 → 3 → 4 → 1)

96 **2** (4 → 3 → 1 → 2)

97 **3** (3 → 2 → 1 → 4)

98 **1** (4 → 1 → 2 → 3)

99 **3** (4 → 2 → 3 → 1)

✦ 模擬試験

①1	②3	③3
④2	⑤4	⑥1
⑦4	⑧2	⑨4
⑩3	⑪2	⑫2
⑬4	⑭3	⑮1

第10週

✦ 実戦問題

100 **4** (3 → 2 → 4 → 1)

101 **2** (2 → 4 → 3 → 1)

102 **3** (4 → 3 → 1 → 2)

103 **4** (4 → 3 → 2 → 1)

104 **2** (1 → 4 → 2 → 3)

105 **1** (2 → 3 → 4 → 1)

106 **3** (4 → 3 → 1 → 2)

107 **1** (2 → 1 → 4 → 3)

108 **1** (4 → 3 → 1 → 2)

109 **1** (2 → 1 → 4 → 3)

110 **3** (4 → 2 → 3 → 1)

✦ 模擬試験

①1	②3	③1
④2	⑤1	⑥3
⑦4	⑧2	⑨4
⑩2	⑪1	⑫1
⑬3	⑭2	⑮2

第 11 週

実戦問題

111 **1** （3→4→1→2）

112 **2** （2→4→1→3）

113 **3** （4→3→1→2）

114 **3** （3→1→4→2）

115 **2** （4→1→3→2）

116 **4** （3→4→2→1）

117 **4** （3→1→4→2）

118 **2** （3→1→2→4）

119 **4** （3→2→4→1）

120 **1** （2→1→3→4）

121 **3** （2→4→1→3）

模擬試験

1 2	2 2	3 1
4 4	5 3	6 3
7 2	8 4	9 4
10 1	11 3	12 2
13 2	14 4	15 3

第 12 週

実戦問題

122 **1** （3→4→2→1）

123 **2** （3→1→2→4）

124 **3** （2→4→1→3）

125 **1** （2→3→4→1）

126 **2** （4→2→3→1）

127 **1** （3→1→4→2）

128 **2** （4→3→2→1）

129 **4** （2→3→1→4）

130 **4** （3→4→1→2）

131 **1** （4→2→1→3）

132 **3** （3→2→4→1）

模擬試験

1 3	2 4	3 3
4 4	5 2	6 2
7 1	8 3	9 2
10 4	11 2	12 2
13 3	14 1	15 1

附録　動詞變化

	辞書形	ない形	ます形	て形	た形	条件形
第Ⅰ類	買_かう	買わない	買います	買って	買った	買えば
	書_かく	書かない	書きます	書いて	書いた	書けば
	泳_{およ}ぐ	泳がない	泳ぎます	泳いで	泳いだ	泳げば
	出_だす	出さない	出します	出して	出した	出せば
	待_まつ	待たない	待ちます	待って	待った	待てば
	死_しぬ	死なない	死にます	死んで	死んだ	死ねば
	呼_よぶ	呼ばない	呼びます	呼んで	呼んだ	呼べば
	読_よむ	読まない	読みます	読んで	読んだ	読めば
	乗_のる	乗らない	乗ります	乗って	乗った	乗れば
	＊行_いく	行かない	行きます	行って	行った	行けば
第Ⅱ類	食べる_た	食べない	食べます	食べて	食べた	食べれば
	見_みる	見ない	見ます	見て	見た	見れば
第Ⅲ類	する	しない	します	して	した	すれば
	来_くる	こない	きます	きて	きた	くれば

可能形	命令形	意向形	受身形	使役形	使役受身形
買える	買え	買おう	買われる	買わせる	買わせられる 買わされる
書ける	書け	書こう	書かれる	書かせる	書かせられる 書かされる
泳げる	泳げ	泳ごう	泳がれる	泳がせる	泳がせられる 泳がされる
出せる	出せ	出そう	出される	出させる	出させられる
待てる	待て	待とう	待たれる	待たせる	待たせられる 待たされる
死ねる	死ね	死のう	死なれる	死なせる	死なせられる 死なされる
呼べる	呼べ	呼ぼう	呼ばれる	呼ばせる	呼ばせられる 呼ばされる
読める	読め	読もう	読まれる	読ませる	読ませられる 読まされる
乗れる	乗れ	乗ろう	乗られる	乗らせる	乗らせられる 乗らされる
行ける	行け	行こう	行かれる	行かせる	行かせられる 行かされる
食べられる	食べろ	食べよう	食べられる	食べさせる	食べさせられる
見られる	見ろ	見よう	見られる	見させる	見させられる
できる	しろ せよ	しよう	される	させる	させられる
こられる	こい	こよう	こられる	こさせる	こさせられる

常用特殊敬語

尊敬語	丁寧語	謙讓語	中文意思
いらっしゃいます おいでになります	います	おります	在
いらっしゃいます おいでになります	行きます	参ります 伺います	去
いらっしゃいます おいでになります お越しになります	来ます	参ります	來
おっしゃいます	言います	申します 申し上げます	說
召し上がります	食べます	いただきます	吃
召し上がります	飲みます	いただきます	喝
お休みになります	寝ます	－	睡
ご覧になります	見ます	拝見します	看
－	見せます	お目にかけます ご覧に入れます	讓…看
－	読みます	拝読します	讀
－	聞きます	伺います 拝聴します	聽
－	会います	お目にかかります	見面
ご存じです	知っています	存じております	知道
なさいます	します	いたします	做
－	あげます	さしあげます	給
－	もらいます	いただきます 頂戴します	收
くださいます	くれます	－	給（我）

註：「－」表示該動詞無特殊的尊敬或謙讓動詞。

索引

若第一個文字為括弧內可省略之文字，則以第二個文字為起始做排序。

参考書籍

日文書籍

✦ 庵功雄、高梨信乃、中西久実子、山田敏宏『初級を教える人のための日本語文法ハンドブック』スリーエーネット

✦ 庵功雄、高梨信乃、中西久実子、山田敏宏『中上級を教える人のための日本語文法ハンドブック』スリーエーネット

✦ 池松孝子、奥田順子『「あいうえお」でひく日本語の重要表現文型』専門教育出版

✦ グループ・ジャマシイ『教師と学習者のための日本語文型辞典』くろしお出版

✦ 国際交流基金『教師用日本語教育ハンドブック3 文法Ⅰ助詞の諸問題』凡人社

✦ 国際交流基金『教師用日本語教育ハンドブック4 文法Ⅱ助動詞を中心にして』凡人社

✦ 酒入郁子、桜木紀子、佐藤由紀子、中村貴美子『外国人が日本語教師によくする100の質問』バベルプレス

✦ 阪田雪子、倉持保男著、国際交流基金日本語国際センター編『教師用日本語教育ハンドブック文法Ⅱ』凡人社

✦ 坂本正『日本語表現文型例文集』凡人社

✦ 白寄まゆみ、入内島一美『日本語能力試験対応 文法問題集1級・2級』桐原ユニ

✦ 新屋映子、姫野供子、守屋三千代『日本語教科書の落とし穴』アルク

✦ 田中稔子『田中稔子の日本語の文法ー教師の疑問に答えます』日本近代文芸社

✦ 寺村秀夫『日本語のシンタクスと意味Ⅱ』くろしお出版

✦ 寺村秀夫、鈴木泰、野田尚史、矢澤真人『ケーススタディ日本文法』おうふう

✦ 友松悦子『どんなときどう使う日本語表現文型200』アルク

✦ 友松悦子、宮本淳、和栗雅子『どんな時どう使う日本語表現文型500 中・上級』アルク

✦ 名柄迪、広田紀子、中西家栄子『外国人のための日本語2 形式名詞』荒竹出版

✦ 新美和昭、山浦洋一、宇津野登久子『外国人のための日本語4 複合動詞』荒竹出版

✦ 日本国際教育支援協会、国際交流基金『日本語能力試験 出題基準』凡人社

✦ 蓮沼昭子、有田節子、前田直子『条件表現』くろしお出版

✦ 平林周祐、浜由美子『外国人のための日本語 敬語』荒竹出版

✦ 文化庁『外国人のための基本用語用例辞典（第二版）』鴻儒堂

✦ 益岡隆志『基礎日本語文法』くろしお出版

✦ 益岡隆志、田窪行則『日本語文法セルフマスターシリーズ3 格助詞』くろしお出版

✦ 宮島達夫、仁田義雄『日本語類義表現の文法』（上、下）くろしお出版

✦ 森田良行『基礎日本語辞典』角川書店

✦ 森田良行『日本語の視点』創拓社

✦ 森田良行、松木正恵『NAFL 日本語表現文型 用例中心・複合辞の意味と用法』アルク

中文書籍

✦ スリーエーネットワーク《大家的日本語 文法解說書》大新書局

✦ 林錦川《日語語法之分析①動詞》文笙書局

✦ 林錦川《日語語法之分析⑤助詞》文笙書局

✦ 楊家源《日語照歩走》宇田出版社

✦ 蔡茂豐《現代日語文的口語文法》大新書局

✦ 謝逸朗《明解日本口語語法－助詞篇》文笙書局

新日檢制霸！單字速記王

王秋陽・詹兆雯　編著
眞仁田　榮治　審訂

三民日語編輯小組　彙編　　眞仁田　榮治　審訂

全面制霸新日檢！
赴日打工度假、交換留學、求職加薪不再是夢想！

★ 獨家收錄「出題重點」單元　　★ 精選必考單字
★ 設計 JLPT 實戰例句　　　　　★ 提供 MP3 朗讀音檔下載

本系列書集結新制日檢常考字彙，彙整文法、詞意辨析等出題重點，並搭配能加深記憶的主題式圖像，讓考生輕鬆掌握測驗科目中的「言語知識（文字・語彙・文法）」。

新日檢制霸！文法特訓班

永石 繪美、賴建樺　編著
泉 文明　校閱

永石 繪美、黃意婷　編著
泉 文明　校閱

文法速成週計畫
精準掌握語法，輕鬆通過日檢！

★ 利用週計畫複習必考文法　　　★ 模擬試題實戰日檢合格
★ 精闢解析協助掌握語法　　　　★ 50 音索引方便輕鬆查詢

本書因應新制「日本語能力試驗」範圍，設計考前 12 週學習計畫，集結必考文法，精闢解析語法，結合模擬試題，幫助文法觀念速成。

國家圖書館出版品預行編目資料

新日檢制霸！N3文法特訓班／永石 繪美,溫雅珺,蘇阿
亮編著.－－初版一刷.－－臺北市：三民，2022
面；　公分.－－（JLPT滿分進擊）

ISBN 978-957-14-7373-4 （平裝）
1. 日語 2. 語法 3. 能力測驗

803.189　　　　　　　　　　　　　　110022819

JLPT 滿分進擊

新日檢制霸！N3 文法特訓班

編 著 者	永石 繪美、溫雅珺、蘇阿亮
責任編輯	游郁苹
美術編輯	黃顯喬

發 行 人	劉振強
出 版 者	三民書局股份有限公司
地　　址	臺北市復興北路 386 號 (復北門市) 臺北市重慶南路一段 61 號 (重南門市)
電　　話	(02)25006600
網　　址	三民網路書店 https://www.sanmin.com.tw

出版日期	初版一刷 2022 年 3 月
書籍編號	S860310
I S B N	978-957-14-7373-4